Khaliyha
Princesa de Ébano
Louis Alexandre Forestier

Índice

PRÓLOGO

Salió por fin del área de reclamo de equipajes del aeropuerto Kennedy de Nueva York, arrastrando su propia valija y otra con ropa informal que Khaliyha le había solicitado que le llevara, ya que ella había llevado consigo sólo los atuendos africanos adaptados a las reuniones que iba a sostener.

Lo primero que reconoció en el inmenso hall fue la figura imponente e inconfundible de Malik, el refugiado de la República Centroafricana que ya les había salvado de las intrigas de agentes hostiles en su anterior estadía en la ciudad. Cristian lo abrazó afectuosamente, para sorpresa del hombrón, caracterizado por una actitud más circunspecta. Malik se hizo cargo de las maletas sin el más mínimo esfuerzo, para bochorno del joven.

- La Princesa se reunirá con Ud. en el hotel— le dijo, recordándole a Cristian el tratamiento regio que recibía su mujer— Hoy tuvo una reunión concertada a último momento y no pudo venir al aeropuerto como deseaba.

<< La historia de mi vida de casado>> pensó Cristian.

Ya en el automóvil preguntó a Malik si tenía novedades sobre los enfrentamientos entre los diferentes grupos étnicos africanos en el continente, y si habían tenido repercusiones entre los grupos de expatriados en Nueva York.

—En África los conflictos se han trasladado a la República Centroafricana, mi país, y posiblemente en el futuro cercano llegarán a Nigeria. Aquí la situación está más tranquila que cuando Ud. y la Princesa estuvieron hace un par de años, pero no podemos bajar la guardia.

Estas palabras recordaron a Cristian que una de las funciones de Malik era la de custodio de Khaliyha mientras ella se encontrara en la ciudad.

Cuando el africano estacionó frente al hotel, Cristian se sorprendió al constatar que se trataba del mismo en el que Khaliyha y él se habían conocido. Una oleada de recuerdos invadió su mente y un nudo se formó en su garganta, pero se abstuvo de hacer comentarios.

Cuando entraron, Khaliyha había recién llegado y se encontraron en el *lobby* del hotel. La mujer se lanzó en sus brazos en una actitud totalmente inesperada. Los huéspedes del hotel miraban de reojo a esa mujer ricamente ataviada con su vestido de seda de obvio origen étnico abrazar a un recién llegado de aspecto fatigado y ropas arrugadas. Ver la escena con el rabillo del ojo en un espejo del lobby embargó a Cristian aún más de emociones y ambos lagrimearon un poco.

Malik carraspeó para llamarlos a la realidad, y se separaron con un cierto embarazo.

—Hace sólo una semana que no nos vemos— dijo Cristian a su mujer en un tono de falso reproche.

— ¿Por qué entonces tienes los ojos rojos?

En efecto, lo que había obrado en el encuentro entre ambos no era la breve separación reciente, sino todas las vicisitudes ocurridas desde habían dejado ese mismo hotel dos años atrás, con sus alegrías y sufrimientos. Sin duda ese lapso relativamente breve había transformado sus vidas en una forma profunda y perdurable.

La mujer ya había obtenido su llave en la conserjería y lo guió hacia su habitación.

—Pero... esta es...— farfulló Cristian.

—Sí, es la misma en que estuvimos cuando nos conocimos. Estuve varios días en otra, pero encargué al *concierge* que me mudara a ella tan pronto se desocupara.

El detalle conmovió nuevamente al hombre. Sabía del valor de los símbolos para su esposa y de su tenacidad para lograr sus propósitos. Haber obtenido la misma habitación hablaba bien a las claras de la importancia concedida por Khaliyha al evento en que se habían amado por primera vez.

Entraron en el amplio cuarto y el botones dejó las maletas. Ella lo hizo sentar en la cama y sonriendo echó sus brazos en torno a su cuello.

—*Mon cher*, no sabes cuánto he soñado con este momento, con revivir la etapa más importante de mi vida y sentir nuevamente su sabor.

CAPÍTULO 1

Lo había estado contemplando mientras desayunaba en el amplio salón de la planta baja del hotel. Lo había visto por primera vez la semana anterior, junto con una de las mujeres mayores cuyas necesidades sexuales sin duda satisfacía. No tenía el aspecto musculoso y atlético de otros *gigolós* que había visto con anterioridad, pero había algo en el que le atraía poderosamente. Delgado y muy alto, de cabello rubio indisciplinado y no muy largo, tenía un aspecto un tanto frágil aunque viril; sus facciones eran finas y correctas y a la distancia le parecía que sus ojos eran claros. No excedía en mucho los veinte años.

Ella lo miraba fijamente desde su propia mesa y finalmente logró que sus miradas se cruzaran. El muchacho se percató de que ella lo estaba observando y la miró fugazmente, pero luego, seguramente por timidez, bajó sus ojos.

<< Poco seguro de sí mismo, raro en su profesión>> pensó Khaliyha << no creo que sea por prejuicios raciales>>.

La mujer había tomado su decisión y no se echaría atrás por una reacción tímida del muchacho. Se levantó de su mesa con elegancia natural y se dirigió resueltamente a la de él. Los ojos de los demás comensales, sobre todo los hombres, se levantaban en admiración de su magnífica silueta, causando la crispación en las damas que los acompañaban. Muy alta y esbelta, con busto erguido, cintura estrecha y glúteos prominentes, su piel renegrida brillaba con extraños destellos azules. Su cabeza y rasgos faciales eran una hermosa muestra de belleza típicamente africana en la plenitud de la vida; su andar era felino y parecía deslizarse en el espacio, con pura gracia.

El joven percibió que la mujer se le acercaba y se revolvió a la vez inquieto y excitado en su silla. Estaba acostumbrado a las aproximaciones femeninas más o menos veladas, pero quien se acercaba ahora en nada se parecía a su clientela habitual. Ya la había visto en el hotel en días anteriores, y su visión le atraía y perturbaba al mismo tiempo.

La mujer se detuvo frente a su mesa, y el joven reaccionó poniéndose de pie, y apartando una silla para que ella se sentara.

<< Buenos modales, no es neoyorquino. ¿De dónde será?>> se preguntó Khaliyha. Luego de unos instantes de silencio compartido ambos comenzaron a hablar al unísono.

—¿Nos conoc...?—comenzó él.

— ¿Por qué apar...— la dama interrumpió momentáneamente su alocución, pero finalmente impuso silencio al muchacho, preanunciando como serían las relaciones de allí en más—...porque apartaste tus ojos de mi cuando me miraste?

—No sé, fue una reacción instintiva.

—¡Mírame ahora!

Sus ojos mantuvieron una mirada intensa, hasta que cada uno se sintió disuelto en el otro. El simple gesto de observarse recíprocamente brindó a Khaliyha la información que necesitaba. Sin más preámbulos le dijo.

—Sígueme— a continuación se levantó sin mirar atrás. El muchacho, con ciertos indicios de embarazo, la siguió en dirección a los ascensores. Varios comensales hicieron comentarios en voz baja, y el *concierge* del hotel hizo una mueca burlesca pero discreta al botones.

Atravesaron el lobby e ingresaron a un ascensor que estaba detenido. La mujer marcó el piso 14.

La mujer abrió la puerta de la habitación 1421 y al notar una actitud dubitativa del joven, lo tomó por un brazo y lo hizo entrar. Luego lo arrastró hasta la amplia cama y lo empujó haciéndole sentar en ella. En absoluto silencio desabotonó el vestido, dejando al descubierto su magnífico cuerpo azabache. Usaba medias largas blancas de red sujetas en los muslos, una trusa breve también blanca y un corpiño que contenía sus pechos. Sin hesitar acercó su cuerpo a la cara de él, tomó su cabeza y la aproximó a su sexo, entonces rompió el silencio y le ordenó.

—Bájame la trusa....con tu boca.

Obedientemente el hombre tomó el borde de encaje entre sus dientes y comenzó el movimiento descendente, en el curso del cual su rostro rozó la piel negra y pronto llegó al vello púbico, corto pero no afeitado, Sintió una erección súbita pero continuó su tarea pasando frente a los genitales húmedos. Prosiguió hasta que la prenda estaba al nivel de los muslos, en ese momento la tomó entre sus manos y la quitó de las piernas. Entonces tomó los glúteos de la mujer entre sus manos y metió su cara en su entrepierna. Ella lo apartó con un movimiento brusco y lo empujó colocándolo de espaldas sobre el lecho, con la cabeza colgando apenas del borde lateral de la misma. Apoyando una de sus piernas en el suelo de un lado de la cabeza de él, y doblando la otra sobre la cama del otro costado, se sentó sobre su cara, poniendo en contacto directamente su sexo con sus labios. Sorprendido pero excitado, el muchacho comenzó la labor que con tanta obviedad se le imponía. La mujer, complacida por que sus intenciones habían sido bien interpretadas y aceptadas, comenzó a realizar un suave balanceo de su vientre mientras emitía susurros ininteligibles.

La africana comenzó a hamacarse en forma más enérgica y sus gemidos, casi inaudibles se hicieron más frecuentes. Al cabo de unos instantes, sin embargo, constató que en esa posición no conseguía llegar al clímax, por lo que cambió reiteradamente la posición relativa de su sexo y la cara de él. Finalmente, en medio de un vaivén descontrolado, la mujer tuvo un profundo y largo orgasmo. Momentáneamente calmadas sus ansias, cambió su postura arrodillándose sobre las almohadas en la cabecera de la cama, con las manos apoyadas en la pared y sus piernas flexionadas a noventa grados indicando al joven que prosiguiera su labor. Así sucesivamente ensayaron diversas posiciones hasta que ella experimentó un segundo clímax. Entonces, la mujer se tendió en la cama, abrió sus piernas e instruyó:

—Ahora penétrame, quiero sentirte dentro de mí.

Durante el resto de la mañana copularon tres veces, hasta quedar exhaustos lado a lado, completamente cubiertos de sudor. La extenuación finalmente venció sus resistencias y excitación y los hizo dormir durante horas.

Khaliyha abrió los ojos y parpadeó varias veces. Un delgado rayo de luz del sol vespertino que se filtraba entre rendijas de la persiana de enrollar le daba justo en la cara. Se vio abrazada con un hombre y lo ocurrido volvió a circular por su mente.

Se incorporó, cuidando de no despertar al muchacho y se introdujo en el baño; todos sus movimientos eran sigilosos como los de un gato. Meticulosamente se realizó una higiene íntima y luego se duchó rápidamente, poniéndose una bata sobre el cuerpo desnudo.

Luego regresó a la habitación y se sentó en un sillón frente a la cama. Miró al hombre dormido y se dispuso a realizar un balance de lo ocurrido, que venía postergando para poder saborearlo a voluntad. En efecto, los acontecimientos de esa mañana le resultaban altamente gratificantes. Venía meditando un cambio en su vida desde hacía tiempo, y estaba escogiendo qué elementos formarían parte de la nueva era. La semana anterior, cuando había visto al muchacho por primera vez entrando en una habitación del mismo piso con una mujer gorda y cincuentona, había concebido la idea de incluirlo en su red; pero hasta esa mañana eran muchos los interrogantes sobre la posibilidad y sensatez de hacerlo: ¿podría abordarlo con éxito? ¿Le interesaría a él una relación no basada en el dinero? ¿Podría manejar las situaciones que se fueran presentando a su voluntad? ¿Sería el tipo de amante vigoroso que ella necesitaba? ¿Podría despertar la devoción por ella pretendía? ¿Sería él un maleante, o drogadicto, o un sádico violento? Las dudas la asaltaban en tropel.

Khaliyha se sentía muy segura de su belleza, de su cuerpo y la atracción que sus rasgos exóticos ejercían en los hombres, así como de la firmeza de su carácter para llevar a cabo sus designios. Casi siempre lograba los objetivos que se proponía, pero siempre había un elemento imponderable que podía fracasar. Esta vez lo conseguido con el muchacho, cuyo nombre aun no conocía y cuya voz apenas había oído, superaba sus expectativas. Sus dudas y temores quedaron disipados, Khaliyha sabía que podía confiar en sus instintos. Su sensación de triunfo era completa.

Se sentó en la cama, estiró un pie e introdujo el dedo pulgar en la boca del hombre dormido. El se dio vuelta en la almohada, pero una de las características de Khaliyha era la persistencia en sus propósitos. Finalmente despertó, miró su pie, abrió su boca, y permitió que ella le introdujera el dedo. Entonces la mujer sonrió pero retiró el pie.

— Realmente me complacen tus instintos pero acabo de bañarme. Además, debemos conservar algo de fuego para la noche. Ahora quiero hacerte algunas preguntas y escuchar tu voz.

Él se sentó en el lecho y la miró fijamente por primera vez; sin embargo permaneció en silencio.

— ¿Cómo te llamas?— La iniciativa de la conversación la llevó la mujer.

—Cristian

—Tu acento no es estadounidense. ¿De dónde eres?

—Argentino— las respuestas siempre eran escuetas

—De modo que también tú estás lejos de casa. ¿Qué edad tienes?

—Veintidós años.

La mujer quedó doblemente complacida por la confirmación de la juventud de su conquista.

— ¿Cuanto hace que estás en Nueva York?

— Casi un año.

— ¿Y cómo llegaste aquí?

El joven se ruborizó ligeramente.

—Acompañando a... una señora.

— ¿Norteamericana?

—No, venezolana.

— ¡Que tendría edad suficiente para ser tu madre!

—SCSI, más o menos

—Y dime ¿tienes residencia en los EE.UU?

Un toque de alarma se visualizó en la cara del muchacho

—Tranquilo, no es mi intención delatarte ni perjudicarte. Fue sólo una pregunta. Pero anda, respóndela.

—No, el hecho es que sólo soy un ilegal más en esta ciudad.

— ¿Y de que vives, como te mantienes?

—Trabajo en una publicación de la comunidad portorriqueña. Soy diseñador gráfico de profesión.

—Y además, están las señoras, por supuesto.

—Si.

— ¿Cuál es tu apellido?

—Colombo. Soy Cristian Colombo.

— ¿Es un apellido italiano?

—Si, en mi país son muy frecuentes.

— ¿Dónde vives actualmente?

—Tengo alquilado un apartamento muy pequeño en Brooklyn.

— ¿En una zona conflictiva?

—Más o menos.

— ¿Quieres saber algo de mí?—preguntó la mujer.

—Por supuesto

—Pero antes dime ¿qué piensas de mí?

—Que es una dama muy hermosa; por el acento parece francesa.

— ¿Por qué piensas que soy una dama y no una prostituta?

—.Por su comportamiento...señorial.

— ¿Y de aspecto, te parezco francesa?

—No, africana.

Ella dio por concluidas las preguntas, con evidente satisfacción sobre las percepciones del hombre, y se dispuso a hablar.

—Mi nombre el Khaliyha, y he nacido y vivido de pequeña en Chad. ¿Tienes idea donde queda?

—Si, en el centro de África.

— Nací en una aldea animista, jaqueada por las guerras entre los musulmanes del norte y los cristianos del sur. Estas guerras han traído masacres y sufrimientos interminables— Observó al muchacho y vio que le escuchaba atentamente.

— Me he educado en Francia y hace diez años vine a los Estados Unidos a estudiar, y completé mi maestría en administración. Desde entonces cuido de los intereses de la gente de mi etnia, distribuida en mi aldea y otras vecinas. Mi padre es... digamos, la autoridad máxima de la comarca.

— ¿Tú sí eres residente en los EE.UU?

— Si, desde hace años.

La conversación se prolongó toda la tarde. Khaliyha estaba sutilmente comprobando el nivel intelectual y cultural del joven, e íntimamente estaba muy satisfecha con sus comprobaciones; se trataba de un hombre de mente ágil aunque a primera impresión luciera un tanto opaco. Cristian por su parte ese hallaba bajo el fuerte magnetismo de la mujer, que lo atraía irresistiblemente en lo físico, lo había cautivado con su personalidad enigmática y arrolladora, y lo acariciaba con su voz aterciopelada. Una red invisible se cernía en torno a la pareja incrementando su atracción mutua.

Al cabo de varias horas, ambos se vistieron y descendieron al *restaurant* ubicado en la puerta vecina a la del hotel. Khaliyha vestía un conjunto oscuro con pantalones muy discreto, y esta vez pasaron desapercibidos entre los pasajeros que colmaban el atestado *lobby* del hotel.

Al regresar a su habitación, se desvistieron rápidamente, se reclinaron en la cama, la dama volvió a colocar su delgado pie en la boca del joven, diciendo:

—Bien, veamos donde estábamos...

CAPÍTULO 2

Como lo hacía varias veces por semana, Cristian ingresó al hotel al caer la tarde. El *concierge* apenas lo prestó atención y siguió con sus labores; ya le resultaba suficientemente conocido.

Khaliyha lo esperaba vestida con un ligero *deshabillé* que resaltaba sus formas. Desde el comenzó Cristian percibió un ligero cambio de actitud en la mujer; había puesto una mano en su cadera, pero ella le sonrió y se soltó gentilmente. Hacía dos meses que se veían, salían a pasear por Nueva York, recorrían tiendas por departamentos a las que la africana era muy adicta, tomaban el té en salones elegantes y cenaban juntos. A su regreso al hotel, hacían el amor como si fuera la primera vez. La mujer siempre encontraba posturas adecuadas para lograr la mutua satisfacción. Cristian pronto se convenció de que no eran parte de un bagaje practicado sino el equipo instintivo con que venía dotada; ya había oído hablar de la exuberante fogosidad sexual de las mujeres de color, y esto no hacía más que confirmarlo.

Khaliyha, enternecida por el escaso vestuario del muchacho, había insistido en comprarle algunas prendas de vestir un poco más formales para sus salidas. Ese día parecía un poco distante.

— ¿Te ocurre algo Zouby?— Te noto preocupada.

—En realidad no estoy preocupada, pero sí tengo algo importante que decirte. Algo que tienes derecho a saber.

Nuevo silencio expectante del hombre.

—Estoy embarazada...lógicamente de ti.

El muchacho, a pesar de un ligero estremecimiento apenas perceptible, como era su costumbre hizo un respetuoso silencio hasta que ella reanudara su discurso.

—Imagino que estarás pensando "no puedes acostarte con una negra sin enterarte al día siguiente que vas a ser padre"

— ¡No! ¡No! Jamás pensaría eso de ti. Lo que quiero saber es que piensas hacer al respecto; seguir adelante o...

—Por supuesto que pienso seguir adelante con el embarazo. Tengo treinta y cuatro años y ya es hora que tenga un hijo. Además, seré honesta contigo, no he tomado ninguna precaución para evitar el embarazo porque en el fondo quiero tener un hijo tuyo.

—Bueno, esto es halagador— dijo Cristian ruborizándose un poco como era su costumbre— Entonces es una buena noticia.

—Lo es sin duda para mí, pero no quiero atarte a un compromiso que tú no has buscado. Si quieres dejarme lo entenderé.

— ¡No! De ninguna manera te dejaría. Apartarme de ti y plantarte en esta situación sería algo que no me podría perdonar— hizo una pausa— ¿Y cómo quedas tú frente a tu familia y tu gente?

—Ya hace un par de días que estoy enterada del embarazo. Ayer me comuniqué con mi madre en Chad y se lo dije. Estaba feliz porque será el primer nieto; mi única hermana es aún joven y soltera. Mi madre estaba perdiendo las esperanzas de ser abuela, lo que para una africana es devastador en un país en el que las mujeres tienen un promedio de cinco hijos...Ella va a preparar el terreno para decírselo a mi padre.

— ¿Cómo esperas que reaccione?

—Él esperaba que me casara con algún jefe tribal, por eso huí de Chad y me vine a América. Creo que la idea de tener un nieto mestizo le perturbará por un par de días, pero luego se alegrará también. Soy su hija preferida y objetivamente él necesita tener una descendencia numerosa dado su rol en la aldea. No puede ser una rama estéril.

— ¿Aceptará un nieto "mestizo" como dices tú?

—Todas las aldeas de la zona están mestizadas en alguna medida desde hace tiempo; la nuestra es la excepción. Los árabes y los franceses han dejado su huella... ¿Y bien?

— ¿Y bien qué?

— ¿Cuento contigo como padre de mi hijo?

—Por supuesto. Ya te dije que no me puedo separar de ti. Ya te siento parte de mi vida.

—Bien. Esto cambiará mucho las cosas entre nosotros. Para comenzar quiero que mañana te mudes conmigo. Voy a pedir una habitación más espaciosa en el hotel.

—Tengo pago el alquiler de mi apartamento hasta el fin de semana.

— ¡Al diablo con eso! Te mudas mañana. No quiero estar un día más alejada de ti.

Vencida su resistencia más formal que real, Cristian aceptó finalmente mudarse, pero se mostraba reflexivo y callado, por lo que la dama le preguntó.

— ¿Qué pasa por tu cabeza ahora?

— ¿Que habrías hecho si yo te hubiera contestado que prefería dejarte ante la responsabilidad de ser padre?

—Algo habría pensado para hacerte cambiar de idea.

— ¿Algo como qué?

—Persuasión, lujuria, amenazas, soborno...

Nuevo silencio de Cristian.

— ¿Y bien, que piensas ahora?— preguntó ella.

—Prefiero la lujuria, es lo que mejor se te da.

— ¡Aun no has oído mis amenazas!

Khaliyha lo arrastró hasta el lecho y quitó su deshabillé. Mientras se acostaba al costado del muchacho le susurró algunas palabras ininteligibles en el oído.

— ¿Qué has dicho?

—Es en nuestro dialecto— le contestó con una sonrisa— Te he dicho que el ciervo ha caído finalmente en mi trampa.

— ¿Y quién es el ciervo?—preguntó él juguetonamente ¿Y cuál es la trampa?

—Tú eres el ciervo, tonto, y la trampa la llevo entre mis piernas.

— ¿Tú has planeado todo esto?— preguntó él mientras se abrazaban y besaban apasionadamente.

—Meticulosamente. Desde el primer día que te vi.

— ¿Y ahora te estás jactando?

—Por supuesto. Hay que celebrar los triunfos.

El hombre no contestó, Khaliyha se percató que se encontraba pensando.

— ¡Otra vez cavilando! ¿En qué piensas ahora?

—En lo que dijiste antes ¿Con que me amenazarías?

— ¡Oh, no!— la mujer decidió darle un escarmiento— En mi tribu castran ritualmente a los maridos infieles.

A pesar del tono de chanza, un escalofrío recorrió la espina dorsal del joven.

Al día siguiente Cristian entró en el hotel temprano. Había advertido a sus empleadores en el Barrio portorriqueño que se tomaba franco por mudanza. Dado que se trataba de un empleo informal era factible realizar arreglos de ese tipo.

El *concierge* del hotel lo vio entrar con equipaje por primera vez, pero ya estaba advertido de la mudanza de piso de la pasajera, de modo que no le extrañó; lo saludó con un ademán cómplice, ya había tomado simpatía por el muchacho desaliñado que había formado pareja con la distinguida dama africana.

—Luego me darás tu nombre y número de documento para asentarlo en el libro de huéspedes— le previno.

La nueva habitación era mucho más espaciosa que la que ya conocía. Khaliyha se encontraba colgando su ropa—muy abundante y variada— en el amplio placcard Al ver aparecer a Cristian con una vieja maleta de avión provista de rueditas deteriorada y una mochila por todo equipaje, volvió a enternecerse.

— ¿Esto es todo lo que tienes?— le preguntó— Mejor así, de esta forma me queda más sitio en el *placar*. Este es tu rincón— dijo señalando un extremo del mueble, donde estaban ya colgadas las prendas que Khaliyha le había comprado y que habían quedado en el hotel.

Luego de terminar de disponer de todas las posesiones de ambos, bajaron a almorzar al pequeño *restaurant* vecino. Al regresar, ambos se recostaron en la cama.

—Oye— dijo Khaliyha— ahora vamos a vivir juntos y estableceremos algunas reglas. Tú serás mi hombre mientras desees serlo, y no tendré otro— Cristian escuchaba atentamente— y tú no tendrás otras mujeres a menos que yo te lo indique. Se acabaron las "señoras a las que acompañabas. ¿De acuerdo?

Cristian asintió; y aunque la frase "a menos que yo te lo indique" le resultara indescifrable, no hizo comentarios al respecto.

También convinieron que el joven mantendría su trabajo en la publicación latina, pero que además ayudaría a Khaliyha en sus tareas de representante oficiosa de su etnia en numerosos foros. Dado que era un inmigrante ilegal, Cristian sólo podría ir a sitios que no revistieran un carácter formal. La mujer comenzó a explicarle la naturaleza de las labores que llevaba a cabo, y ante el muchacho se desarrolló un abanico de funciones de alta responsabilidad, muy variadas y que involucraban el bienestar de muchas personas procedentes de Chad y que se hallaban en Nueva York y otros sitios de los Estados Unidos; las actividades también comprendían el manejo de cuantiosos fondos para contratar diversas prestaciones.

A medida que su participación en las gestiones le develaba los alcances de la acción de Khaliyha a favor de refugiados chadianos en los EE.UU. y de los residentes en Chad, así como las vinculaciones con otros países africanos, un sentimiento de admiración por la capacidad de la mujer empezó a crecer en Cristian, así como por la profesionalidad con que encaraba sus responsabilidades. No podía dejar de compararla con las mujeres ociosas, aburridas y parasitarias con que había alternado desde que había salido de su casa.

En general, la mujer salía sola a la mañana y él realizaba sus tareas para ella en el curso de la tarde, de modo que sólo a la noche se ponían al tanto de las novedades.

Un día resolvieron ir juntos al edificio de las Naciones Unidas a pesar de la situación irregular de Cristian en Nueva York, porque Khaliyha había adquirido confianza en la destreza del muchacho, y quería presentarle a determinados diplomáticos africanos con quienes estaba relacionada en sus menesteres, de forma tal que él pudiera reemplazarla cuando fuera necesario.

Tomaron un taxi en la puerta del hotel, y a la salida Cristian vio algo que le llamó la atención. Durante todo el trayecto estuvo silencioso, mirando hacia atrás insistentemente.

Al llegar al edificio de la ONU, se bajó subrepticiamente del taxi y siguió a pie un breve trecho. Allí vio con claridad que el Dodge azul marino, que los había seguido desde el hotel, se detenía a unos veinte metros más atrás del taxi del cual estaba descendiendo Khaliyha. Cristian ya había preparado su teléfono celular para obtener fotografías y obtuvo una media docena, desde atrás del Dodge, al pasar junto al coche detenido, y desde adelante. No había dudas, tres hombres de color viajaban en el auto, y dos de ellos se apearon y, mezclados con la multitud, siguieron a Khaliyha en su ingreso a la ONU. Cristian tomó fotografías también de ellos.

Una vez dentro del edificio llamó al celular de la dama, quien le dijo a que oficina debía dirigirse para reunirse con ella y sus interlocutores.

Al término de la reunión, Cristian tomó a la mujer por el brazo y la guió por los pasillos del edificio, hasta asegurarse de que no los estaban siguiendo.

En el taxi de regreso Cristian contó sus constataciones, y mostró a Khaliyha las fotos de los perseguidores.

—No tengo idea de quienes son, nunca los he visto— y luego de unos instantes de silencio agregó— tan pronto lleguemos al hotel me pondré en contacto con un hombre que mi padre conoce en Nueva York y en quien confía plenamente para encargarse de asuntos de seguridad.

— ¿Quién es?

—Se llama Malik. Es de la República Centroafricana. Era un perseguido político a quien mi padre ayudó a fugarse a EE.UU., y luego amparó a su familia en nuestra aldea hasta que pudieron reunirse con Malik en esta ciudad. Daría su vida por mi padre si hiciera falta. Le pediré que cene con nosotros.

Llegaron al *restaurant* a las siete y media, y se sentaron en una mesa discreta, fuera de la visual de la puerta y ventanas.

— ¿Él te conoce?— preguntó Cristian.

Si. Nos hemos visto en una par de oportunidades. No tengas dudas, nos reconocerá.

En ese momento entró en el local un hombre de aspecto formidable. Era de la altura de Cristian pero del doble de peso, unos hombros anchos y unos brazos larguísimos, con una cabeza de cráneo redondo y rapado, su piel era renegrida como la de Khaliyha. La mujer hizo las presentaciones y explicó a Malik el motivo de la reunión urgente. La conversación se desarrolló en francés y en un *patois* africano de modo que Cristian comprendió a medias.

—Muéstrale las fotos— dijo al muchacho en inglés, idioma en el que prosiguió la charla.

Malik observó meticulosamente las fotos, deslizándolas por la pantalla de la cámara una detrás de otra, tras de lo cual dijo con seguridad.

—Princesa, conozco a esta gente; son extremadamente peligrosos y culpables de innumerables asesinatos de refugiados. Me encargaré de ellos, pero es necesario que Uds. tomen precauciones de aquí en más. Los llamaré esta noche.

Ya Khaliyha y Cristian estaban durmiendo cuando sonó el celular de ella, que había dejado encendido a propósito.

—Madame, soy Malik. Disculpe la hora. Los hombres que los seguían no los volverán a molestar, pero he consultado con los míos y Uds. deben abandonar de inmediato el hotel, porque ya los han ubicado. En una hora los estaré esperando frente al mismo y los llevaré a un sitio seguro.

A toda velocidad armaron los equipajes, pagaron las cuentas del hotel y se asomaron a la fría noche neoyorquina. Un auto oscuro destelló sus luces y se acercó, Malik estaba dentro y los ayudó a cargar las maletas en el amplio baúl del auto.

— Princesa, ya les hemos hecho reservaciones; el lugar al que vamos es seguro, pero deben permanecer dentro un par de días hasta que nos aseguremos que nadie ande merodeando.

El hotel era pequeño, elegante y discreto, ubicado en la zona de Gramercy Park. Se registraron y despidieron de Malik, y fueron a una habitación en el quinto piso.

— ¿Qué es ese trato de Princesa?—requirió Cristian— ¿no es un tanto rimbombante?

—No, en realidad es el título que me dan en mi pueblo.

— ¿Perteneces a la aristocracia entre los tuyos?

—Sí, ¿O es que la nobleza sólo se da entre los blancos?

Cristian no respondió. Había encendido el televisor, y en ese momento estaban mostrando a los bomberos de Nueva York extrayendo del East River un auto con los cuerpos de tres hombres de color en su interior. Cada uno de ellos había recibido un balazo en la frente. Se ignoraba la identidad y la nacionalidad de los asesinados, y se atribuía el hecho a un ajuste de cuentas entre bandas de narcotraficantes.

—Es un Dodge azul marino— comentó conmocionado Cristian.

Khaliyha quitó el control remoto de sus manos y lo dejó sobre una mesa.

—Hazme el amor como nunca antes; muy lentamente y con dulzura. Deseo tus manos y tus labios en todo mi cuerpo. Quiero arder de excitación. Y luego, sólo luego, me tomarás.

Cristian recorrió el esbelto cuerpo, aun no deformado perceptiblemente por el embarazo. Satisfizo a plenitud los requerimientos que su mujer le había realizado. Aunque Cristian lo ignoraba, mientras ardían de pasión, en la danza del apareo, realizaban con sus cuerpos un oscuro ritual africano festejando el exterminio de sus enemigos.

CAPÍTULO 3

Durante unos días restringieron sus movimientos a la zona aledaña al Gramercy Park, El barrio era elegante y tranquilo, y su *ambience* los cautivó de inmediato, a pesar de que no podían ingresar a la plaza, enrejada y con una puerta de la que sólo los residentes tenían llave. Finalmente Malik llamó a Khaliyha.

—Madame, hemos controlado la zona y está libre por ahora. Pueden ampliar sus movimientos pero Ud. debe evitar todos los sitios donde puede ser detectada. Esto incluye las organizaciones de refugiados y las sedes diplomáticas.

— ¿Y cómo realizaré mis actividades? Hay mucha gente cuya seguridad y bienestar depende de ellas.

—Sugiero que delegue todo lo posible en...su novio. Hasta donde sabemos no ha entrado en el radar de sus enemigos. De todas maneras conviene que también él mantenga un perfil bajo. Podemos abrirle las puertas de muchos sitios, pero de ahora en más dependerá de su habilidad y discreción.

— Bien, hablaré con él y luego se lo confirmaré.

Khaliyha había conversado largamente con Cristian, y le había expuesto sin ambages los peligros a que se exponía. El joven aceptó de inmediato.

—Creo que ya con tu estado de embarazo es también conveniente que reposes un poco más.

—Tonterías, apenas voy por el tercer mes. De todas maneras estaré trabajando en una pequeña oficina que tenemos alquilada en W4th Avenue, cerca de aquí. Además, quedándome en el hotel me volvería loca. En cuanto a ti creo que deberás dejar tu trabajo en el Barrio portorriqueño. Estas nuevas actividades son *full time*, como habrás visto conmigo.

Luego de desvincularse de la revista portorriqueña, Cristian comenzó a recorrer los contactos de Khaliyha, siendo presentado en numerosas ocasiones por Malik o alguno de sus colaboradores.

Se trataba en general de organizaciones informales y laxas de africanos, no sólo en Chad sino en los países vecinos, pero del mismo origen étnico. Las células en Nueva York reunían fondos colectados dentro y fuera de EE.UU. y los canalizaban en forma de envíos de alimentos, medicinas, enseres y efectivo a los enormes campamentos de refugiados que sobrevivían en forma penosa a las guerras y limpiezas étnicas llevadas a cabo en todo el centro de África. También se ocupaban de personas que llegaban al país procedentes de esos campos de refugiados, en su mayoría mujeres y niños. Ciertas otras actividades eran llevadas a cabo personalmente por Khaliyha con personas que la entrevistaban en su pequeña oficina. Cristian presumía que se trataba de armas, aunque se abstuvo de preguntarle a su mujer. Por vez primera en su vida experimentó la sensación de estar haciendo algo importante, cuyos efectos recaerían en alguien más que en sí mismo; es más, que había vidas que dependían críticamente de lo que él hiciera. La obvia satisfacción de Khaliyha con su tarea era un acicate más

La mujer en efecto, estaba sumamente complacida con el desempeño del compañero que había elegido. El hecho de que hubiera vivido de sus relaciones con mujeres mayores le había originado dudas sobre la capacidad del joven para desempeñarse en cosas trascendentes. Se alegraba que su infatuación con el joven no hubiera nublado su juicio en cuanto a sus cualidades y potencialidades.

Al regreso de ambos al hotel, luego de una ducha juntos, salían a recorrer el pacífico vecindario, poblado en distintas épocas por artistas, escritores e intelectuales que buscaban un remanso alejado de la notoriedad pero en plena ciudad de Nueva York: Así, tomados de la mano caminaban por las calles arboladas, ella luciendo su incipiente panza, para escándalo de alguna señora de edad muy emperifollada que se preguntaba cómo era posible que esa negra se atreviera a exhibir su embarazo mestizo, pero también de las sonrisas amables de vecinos de talante más liberal. Khaliyha y Cristian recordarían esos meses transcurridos en Gramercy Park como un oasis de dicha y plenitud.

Ya el invierno descendía sobre la ciudad de Nueva York; Cristian se había dirigido a un ruinoso edificio en el Bronx, situado en una zona habitada en buena medida por inmigrantes clandestinos recientes, barrio de reputación violenta al que llegaba no sin ciertas reservas. Chicos y grandes de origen jamaiquino o africano le observaban con sus ojos enormes desde las desvencijadas escaleras de los edificios; reducidas bandas de adolescentes desocupados le miraban desafiantes, algunos de los cuales se hallaban sin duda bajo el influjo de sustancias diversas.

Cristian sacó su celular y llamó al sitio donde se dirigía, para hacerles saber que estaba llegando, precaución sugerida por Malik en las visitas del joven blanco a barrios peligrosos. Un par de cuadras más allá se aprestaba a entrar en un edificio que lucía abandonado, cuando de las sombras se abalanzaron dos figuras sobre él e intentaron inmovilizarlo. Cristian no los vio venir pero reaccionó de inmediato, aplicó un puntapié en la rodilla de uno de los agresores que dio un grito de dolor, mientras intentaba vérselas con el segundo, que sin embargo lo sobrepasaba en paso y fuerza. El muchacho profirió voces de socorro, pero vio que todos los personajes que estaban en los portales de casas desaparecían en el interior de las mismas. Finalmente el atacante lo tumbó en el suelo y vio que el otro hombre se incorporaba y acercaba. Ambos hombres, de piel renegrida y muy corpulentos, lo golpearon en la cara para reducirlo, uno de ellos, el más grande se sentó en su pecho y comenzó a asfixiarlo, y allí Cristian sintió que se desvanecía. Cuando apenas le quedaba una chispa de lucidez creyó oír un gran ruido, como de tachos que caían y rodaban. El peso sobre su pecho se alivianó de repente y pudo discernir figuras oscuras revolviéndose y luchando empecinadamente. Un brillo relució a la luz reflejada en el vidrio de una ventana, y una de las figuras macizas cayó en estertores. A continuación oyó dos disparos y el trotar de alguien calle abajo, además de gemidos de dolor. Sintió luego que lo alzaban con cuidado y transportaban por una escalera, y luego todo se apagó.

Cristian despertó en una cama desvencijada, completamente aturdido y perdido. Vio a un hombre negro que se acercaba y murmuraba algo en francés. En ese momento sintió un fuerte dolor en el pecho.

—Tienes las costillas aplastadas y contusiones en todo el cuerpo— la voz le resultó conocida y al cabo de unos segundos la identificó como la de Malik. En efecto el africano se acercó y le puso la manaza en el hombro— Fuera de eso no tienes nada grave. Estarás dolorido varios días, incluso mucho más que ahora.

—Te has librado de una buena— dijo.

—¿Qué fue lo que ocurrió?— preguntó Cristian.

—Intentaron secuestrarte, quizás para dar con el paradero de la Princesa. Hiciste muy bien en avisar que estabas llegando, y los amigos te estaban esperando. Al notar que no llegabas se preocuparon y al oír ruidos en la calle ataron cabos y salieron armados. Uno de los atacantes hizo dos disparos sin dar en el blanco, pero uno de los nuestros acuchilló al otro. No volverá a levantarse.

En ese momento se oyó en la calle la sirena de varios autos policiales que estaban llegando a la escena de la lucha.

—No te preocupes—. Prosiguió Malik— encontrarán el cuerpo a varias cuadras de distancia, y no habrá absolutamente ningún testigo, todos estaban mirando TV y no había nadie en la calle.

Cristian se incorporó con un quejido.

— ¿Y tú como te enteraste?—preguntó a Malik.

—Me llamó Ives— dijo señalando a uno de los africanos que estaban en la sala. También llamó al Doctor— esta vez señaló a un hombre gordo que estaba cerrando su maletín. — te tuvo que dar varias puntadas en la cara y el hombro, pero estarás bien. ¿Puedes moverte?

—Espero que sí— respondió con no mucha confianza.

—Bien, yo te llevaré personalmente junto con la Princesa, daremos varias vueltas para asegurarnos de que no nos sigan. Todavía no sé si te atacaron porque te relacionan con la Princesa o fue un golpe al azar. Pero sin duda debemos asumir la primera de las hipótesis y redoblar las precauciones.

— Ya han muerto cuatro hombres— agregó afligido el joven.

—Por suerte, los muertos eran mala gente.

—Malik, no le digas a Khaliyha que hoy murió otro hombre.

— Se ve que no la conoces: Eso no la va a asustar, y puede contribuir a que acepte las nuevas precauciones.

La mente del muchacho tuvo repentinamente un giro de 180 grados; << Quizás se le ocurra celebrar otra vez>> se ilusionó.

Tres días después Malik y otro hombre de porte señorial se apersonaron en el *lobby* del hotel en que se alojaban. Khaliyha conocía al hombre y lo presentó a Cristian.

—Se llama Daoud; es el guía de los chadianos en el exterior. Tiene mucho ascendiente espiritual y es un hombre de paz. No habla inglés. Discúlpame pero hablaremos en nuestro dialecto.

A continuación los tres africanos estuvieron conversando en su lengua por un cierto tiempo; Malik no comprendía ciertos párrafos que se le debían traducir al francés. Daoud tenía una voz grave y hablaba suavemente, y su entonación resultaba descontracturante; sin dudas se trataba de un hombre persuasivo.

Al finalizar el parlamento, Khaliyha tradujo el núcleo del mismo a Cristian.

—Daoud nos previene que se ha mudado a Nueva York un comando de asesinos que responde al gobierno musulmán de Chad. Se cree que son entrenados por una célula de Al—Qaeda activa en Sudán y el centro de África. Uno de sus propósitos es obstaculizar todos los esfuerzos de las etnias no islámicas para obtener la independencia. Ya han matado a varios chadianos, sudaneses, centroafricanos y exiliados de Malí y Níger. Daoud cree que es necesario reducir los contactos interpersonales que nos puedan poner al descubierto. Vigilando a uno de nosotros van descubriendo con quienes se pone en contacto. Para evitarlo nuestra organización en este país tomará una estructura celular, y nos valdremos en nuestros contactos de medios electrónicos y redes sociales.

— ¿Y las redes sociales son seguras?— preguntó el joven.

—Precisamente porque están a la vista de todos— terció Malik— Los servicios de seguridad y represión de Egipto y otros países de la zona no consiguieron frenar la auto—organización popular. Lamentablemente en Chad no estamos a la —altura tecnológica de esos países, pero sí podemos organizarnos en el exterior.

Esto me permitirá pasar más tiempo contigo— susurró Cristian en el oído de su mujer.

—Hay otro preocupación distinta que nos transmitió Daoud— contestó Khaliyha— los procesos se están acelerando en nuestra patria. Como ya te conté mi padre sólo tiene otra hija, menor que yo, y va a necesitar apoyo.

— ¿Entonces?

—Entonces debemos ir planeando nuestro viaje a Chad, esto es, si quieres acompañarme.

— ¿Para quedarnos?

—Sí. Al menos en mi caso.

—Pero en unos meses nacerá nuestro hijo.

—Las mujeres chadianas paren habitualmente en condiciones mucho más precarias. Mi padre es un hombre de recursos en Chad; estaremos cuidados.

—Además....... — la frase de Malik quedó trunca.

— ¿Además qué?— preguntó Cristian.

—Además. Nuestro hijo, tu hijo, será el vástago mayor de la hija mayor de mi padre, el jefe de mi pueblo. Una especie de primogénito indirecto. Por ello estará en la línea sucesoria directa.

— ¿No lo verán como un mestizo, impuro?

—Ya te expliqué que el mestizaje es muy frecuente en la zona. Y no, nadie considerará que tu sangre es impura. Tu hijo está llamado a altos destinos en mi pueblo.

CAPÍTULO 4

Se hallaban caminando por el Central Park, en uno de los paseos más alejados de su hotel que habían realizado. Se sentaron en un banco y se tomaron de las manos. La relación original, basada casi exclusivamente en las hormonas, había dado paso a una vinculación mucho más compleja y rica, que incluía una buena dosis de ternura. El hecho de restringir sus salidas al máximo les había permitido convivir íntimamente, de modo que su conocimiento mutuo había crecido. Asimismo, se había reforzado el rol prevaleciente de Khaliyha, basado en un cierto indescifrable rasgo de su carácter, dotado de una determinación intensa, y en sus mayores recursos psíquicos. Por su parte, ella había hallado que Cristian era un joven inteligente y lúcido, resiliente en el desarrollo de sus tareas, a quien los obstáculos no desanimaban con facilidad. La mujer era consciente que el muchacho la había colocado en un pedestal, lo cual tenía sus riesgos y le imponía ciertas cargas.

— ¿Khaliyha, que haremos ahora?

La mujer interpretó que la pregunta tenía un sentido amplio, que le preguntaba por el curso futuro de sus vidas. En realidad había estado meditando al respecto, y esta ocasión le pareció oportuna para compartir sus pensamientos.

—Quería hablar contigo de este tema, y estaba buscando el momento oportuno. Se trata de algo que comenzamos a hablar hace un par de semanas.

— ¿Respecto al rol de nuestro hijo?

—Si. Te expliqué que mi padre es el líder de nuestro grupo étnico en Chad; nuestra gente está sometida a muchas presiones y peligros. Según nuestras costumbres, el dirigente debe ser a la vez jefe de una familia sólida, que asegure liderazgo en el futuro. Es allí donde entra nuestro hijo; asegura una especie de perduración dinástica, que ya mi padre desesperaba de conseguir. Pero...

— ¿Pero qué?

—El vástago debe ser nacido en nuestro país y en nuestro territorio.

— ¿Esto implica volver a Chad?

—Así es. Hace dos días hablé con mi madre por teléfono, ella explicó a mi padre nuestra situación y pudo convencerlo de aceptarla.

— ¿Quiere decir que el gran jefe te recibiría de regreso?

—Con una condición.

— ¿Cuál?

—Que nos casemos. Un futuro jefe no puede ser un bastardo.

La cara del muchacho cambió de expresión en forma imperceptible.

—Veo que no te gusta la idea— interpeló la mujer.

— No, no es eso. Ocurre que nunca había considerado en serio la posibilidad de casarme. Me toma de improviso.

— La pregunta es ¿te casarías conmigo?— la voz de Khaliyha denotaba un dejo de ansiedad, extraña a su temperamento.

Esta vez Cristian no hesitó.

—Si, por supuesto.

Un sentimiento profundo de felicidad recorrió el cuerpo de Khaliyha. El hombre que había elegido sería finalmente suyo.

—Hay otra condición: El casamiento debe realizarse de acuerdo a nuestro ritual.

—No me preocupa, no tengo preferencias religiosas.

El viaje a Yamena, capital de Chad, tuvo lugar en varias etapas. En primer lugar viajaron de Nueva York a París, donde permanecieron un par de días, siempre sin exponerse a miradas indiscretas, pues ya les había advertido Malik que la capital francesa estaba plagada de agentes de todas las naciones y los grupos étnicos del ex África Ecuatorial Francesa, quienes quizás ya habrían sido advertidos por sus contactos en Nueva York sobre el hecho de que la hija de un poderoso jefe chadiano se hallaba en movimiento, y era fácil intuir que en el posible viaje a su país, París era una escala poco menos que ineludible.

El viaje en avión los llevó a través del desierto del Sahara, que ocupa todo el norte de Chad, viaje en el cual Cristian pudo darse cuenta de la desolación de ese inmenso páramo, no apto para la vida humana salvo en contados oasis aislados.

En Yamena los estaban esperando agentes del padre de Khaliyha, que aceleraron el trámite de ingreso al país y borraron las huellas del mismo, de forma de que no pudieran ser rastreados por potenciales elementos hostiles. En definitiva quienes arribaron a Yamena fueron *Mr et Mme Colombo.* Aún a pesar de los antecedentes de Nueva York, Cristian se admiraba de las drásticas medidas de seguridad adoptadas, y de los medios desplegados.

Inmediatamente los hicieron subir y cargaron sus maletas en una vieja y destartalada camioneta Citroën de modo de no llamar la atención, en la cual los condujeron por las llanuras arbustivas del Sahel, área intermedia entre el desierto del Sahara y las sabanas un poco más fértiles ubicadas al sur del país. Fue un viaje extenuante, en el cual debían ingerir líquido continuamente para evitar la siempre amenazante deshidratación, y en el cual Khaliyha debió soportar estoicamente las molestias que su embarazo le producía en esas circunstancias, particularmente a causa de los continuos saltos que el vehículo daba al tropezar con piedras sueltas.

Comenzaron a verse los primeros bosquecillos de acacias y otros arbustos espinosos, que introdujeron una nota de verdor en el árido panorama, y comenzaron a verse las primeras chozas aisladas al comienzo, y formando aldeas de una cierta envergadura luego.

En un momento, Khaliyha señaló con una cierta excitación un complejo humano delante de ellos y dijo:

— ¡Allí, ése es mi pueblo, mi verdadera patria!

Cristian vio azorado como las lágrimas corrían por las mejillas de su mujer. Por primera vez Khaliyha mostraba a sus ojos un costado sensible hasta la vulnerabilidad; fue para joven una experiencia fuerte descubrir el costado más humano de la mujer con que había compartido ya cinco meses, y que hasta ese momento se había mostrado como la fría e impávida hija de un poderoso jefe africano. La revelación instantánea le mostró un aspecto que había eludido su percepción todo ese tiempo.

Al descender del vehículo una multitud se reunió espontáneamente para festejar el retorno de la Princesa, que tanta ayuda había procurado a su gente desde el exterior. Niños y jóvenes que aún no habían nacido cuando Khaliyha se había ausentado la vivaban con alegría y entusiasmo. Khaliyha respondía a los saludos con una postura erguida y una tanto tiesa, y con una sonrisa invariable, mientras que un nudo se formaba en la garganta de Cristian por la emoción del recibimiento impensado. Miró a su mujer, y vio su mirada digna hacia adelante, como observando a través de sus súbditos, pero la fuerte emoción que había presenciado un cuarto de hora antes, ante la primera visión de la aldea, le hizo pensar:

<< Ya no me engañas, estás adoptando una pose regia, pero en el fondo estás conmovida hasta los huesos>>

La recepción de los aldeanos fue cálida y entusiasta, y aumentó la fuerte emoción que estaba atravesando Khaliyha, al tiempo que sorprendió bastante a Cristian, habida cuenta que aquellos no habían visto a su princesa por aproximadamente quince años. El joven comenzó a meditar sobre la intensidad de los lazos tribales, un rasgo inesperado de la realidad.

Al cabo de un rato una figura emergió de una de las viviendas de material ubicadas frente a ellos. Se trataba de una mujer mayor, de alto porte, magníficamente vestida con un atuendo de seda violeta, con guardas blancas revestidas de pequeñas piedras brillantes, y en cuya cabeza lucía un sombrero en los mismos colores. Cristian, nada experto en modas y menos aún africanas, no pudo menos que admirar la estampa de la persona que se acercaba, rodeada de un séquito de damas y niños.

—*Maman*— gimió Khaliyha, con su orgullo completamente superado por las corazón y con su rostro anegado por las lágrimas.

Las dos mujeres se abrazaron sin poder articular palabra durante un largo rato, en el que los gemidos se sucedían y los llantos se mezclaban. Cristian y el resto de los circunstantes mantenían un respetuoso silencio, también cruzado por las emociones.

La matrona apartó un poco de si a su hija y le dijo en francés, en un tono que pretendía ser de reproche.

—Y bien Khaliyha ¿en quince años fuera de casa has olvidado tus modales? ¿No vas a presentarme a tu acompañante?

—*Bien sûr, maman*. Te presento a mi novio, Cristian Colombo— luego, volviéndose al muchacho— Te presento a *ma mère Madame* Souady Djalali.

Cristian siguió un impulso y tomó la mano de la matriarca e inclinándose la besó. Aunque el rostro de la mujer no reveló ninguna emoción, sintió que estaba tan sorprendida como complacida.

A continuación Khaliyha comenzó a presentar a su novio a los restantes miembros de la comitiva que rodeaba a *Madame* Djalali. En el caso de los miembros más jóvenes, fue menester que su madre hiciera las presentaciones pues habían nacido luego de la partida de Khaliyha.

Finalmente llegaron a la última persona de la comitiva, una mujer joven ataviada simplemente con un amplio vestido azul intenso que le cubría parcialmente la cabeza, pero dejando al descubierto un hermoso rostro africano; en él resaltaban un par de ojos inmensos que destacaban contra la piel oscura, y sus labios que estaban pintados del mismo color del vestido. Khaliyha se arrojó en sus brazos y ambas lloraron profusamente de alegría.

—Cristian, *ma soeur* Charfadine. Tenía sólo cinco años cuando partí de casa.

El joven apretó la mano de la muchacha, intentando no mostrarse afectado por su belleza.

—Ahora soy yo quien ha olvidado los modales— dijo Souady tras un instante— por favor Khaliyha, despídete de los vecinos y entremos en la casa. Ya tendrás tiempo de departir con todos ellos.

En torno de una mesa se hallaban reunidos los miembros del clan Djalali.

Khaliyha y su madre intentaban mantener la conversación en francés, que todos, aún su novio podían entender, pero el dialecto se mezclaba espontáneamente haciendo necesarias las traducciones.

Souady había ya explicado que el jefe del clan y en realidad de toda la etnia, Oumar Djalali, se hallaba de viaje en la zona de sabanas del sur, donde tenía importantes asociados comerciales; sin embargo, al enterarse de la venida de su hija había apresurado su regreso, y estaría en la aldea en un par de días, durante parte de los cuales tendría que viajar en camello.

—Y bien *Monsieur* Colombo, ¿De dónde procede Ud.?

—Soy argentino. He nacido en una ciudad de la Provincia de Santa Fe llamada Venado Tuerto— Cristian tradujo como pudo el nombre de la localidad y pensó que el significado resultaría extraño a sus interlocutores, pero en realidad fue aceptado con naturalidad, en una sociedad rural como la chadiana.

—Su apellido suena italiano— la voz cantante la llevaba Souady.

—Si, son bastante frecuentes en Argentina y en Santa Fe en particular.

— ¿Y cómo es que habla Ud. francés?— por primera vez oyó Cristian la voz envolvente de Charfadine.

Mi abuela era de ese origen; como vivía en casa de mis padres me lo enseñó de —pequeño, pero tengo muy poca práctica.

— ¿Y a que se dedica Ud.?— Souady retomó el manejo de la conversación.

— ¡*Maman*!— reprochó Charfadine— M. Colombo creerá que lo estamos interrogando— ¡Díselo tú!— dijo dirigiéndose a su hermana.

— ¡Oh! No, no. Es lógico que quieran saber a quién traje a casa y quien es el padre del hijo que llevo en el vientre— respondió divertida Khaliyha, esperando a ver cómo salía del paso su novio.

—Bien. Soy diseñador gráfico....

Luego de la presentación de Cristian, la conversación giró en torno a acontecimientos del pasado cercano, antes de la partida de Khaliyha a América, que de alguna manera había sido un hito en la historia familiar.

—En realidad no me extraña ver que novio has conseguido— dijo Souady dirigiéndose a Khaliyha, quien se preparó para un episodio de bochorno— M. Colombo se asemeja mucho a aquel teniente francés que te tenía fascinada a los quince años. ¿Es cierto Nye?— inquirió, dirigiéndose a una de las tías de Khaliyha.

—Si, ¡Pero lo cierto es que tenía fascinada a todas las jovencitas de la villa, y a algunas que no lo éramos tanto, con aquel uniforme de gala!— respondió la locuaz y divertida Nye.

La reunión continuó por dos horas aún, hasta que Souady dictaminó que los recién llegados estarían fatigados y merecían un descanso antes de cenar.

Se habían acomodado provisoriamente en uno de los dormitorios de la casa de los padres de Khaliyha y apenas habían dispuesto de sus efectos personales, mientras que la mayor parte de la ropa permanecía aún en las maletas. Khaliyha estaba cansada por la sucesión de viajes aéreos y terrestres, y se recostó en el amplio lecho que les habían preparado. Cristian se hallaba aún acomodando sus pertenencias en un rústico armario, cuando observó a su mujer, que lo contemplaba con gesto intrigante; Khaliyha le indicó con el dedo que se aproximase, y en su expresión el hombre leyó lo que pasaba por la cabeza de ella. Se sentó en la cama e intentó acercarse a ella, pero la mujer lo frenó colocando un pie en su cara, manteniéndolo a distancia. Sus pies eran pequeños para la talla de la africana, y estaban bien formados; Cristian besó la planta del pie y ella le introdujo el dedo pulgar en la boca.

— ¿Quieres...?

—Quiero repetir lo que hicimos en el hotel en Nueva York el día que nos conocimos, y que no hemos repetido desde entonces. Sin tantas acrobacias por mi estado, claro.

El prosiguió su exploración amorosa con los tobillos, pantorrillas y rodillas, Khaliyha se agitaba emitiendo pequeños gemidos, que el hombre sabía causados por auténtica pasión; en efecto jamás fingiría Khaliyha un orgasmo o excitación para estimular a su amante, pues eso no estaría de acuerdo con su carácter exigente en tanto en sexo como en cualquier otra cosa.

Al llegar a los muslos los gemidos de Khaliyha crecieron en intensidad y frecuencia. Luego de unos instantes, ella se incorporó sobre el lecho, tomó a su hombre por el hombro y lo hizo recostar en la cama, le bajó los pantalones y el calzoncillo; allí Cristian se percató de que ella ya se había sacado la trusa, lo que confirmaba el aire premeditado de toda la performance, lo que no le sorprendió en lo más mínimo.

Khaliyha se sentó sobre el miembro erecto y comenzó con movimientos lentos de sus caderas, aumentando la penetración, pero el movimiento se hizo pronto más rápido confirmando el estado de excitación de la mujer. En ese momento se oyó un ruido en el pasillo de la casa que conducía al dormitorio en que se hallaban; Khaliyha rápidamente zafó rápidamente de su posición contorsionándose en forma tal que terminó sentada sobre el rostro de él. Siempre de apuro tomó varias mantas que la rodeaban y tapó todo el cuerpo del hombre y su propio regazo. Al instante apareció Souady, su madre con su habitual e imponente atuendo tribal.

—Khaliyha—interpeló a su hija.

—*Oui, maman*.

Souady continuó la plática en dialecto, ya que era su costumbre saltar de un idioma al otro en el curso de sus charlas coloquiales. Conversaron durante un largo rato, sin que Cristian, que estaba sumergido entre las mantas y semi-sofocado por ellas y por las nalgas de su mujer, pudiera seguir la conversación. Finalmente Souady se encaminó a la puerta, pero antes de llegar a ella dijo:

—Khaliyha.

—*Oui, maman.*

—Recuerda que estás más pesada por tu embarazo y deja que el hombre que está debajo de ti pueda al menos respirar.

La matrona se volvió a acercar a la cama y quitó de un tirón las mantas, dejando al descubierto a Cristian.

Su madre era una de las pocas personas que conseguían hacer brincar por sorpresa a Khaliyha, quien había creído que la cobertura había sido eficaz en disimular la situación.

—*Maman*, no es lo que parece— atinó a decir.

Souady, enervada por la absurda respuesta de su hija, volvió a recurrir al dialecto.

—Tu padre es un guerrero, jamás lo tuve sepultado entre mis nalgas.

—Pues no sabes lo que te has perdido.

La madre dio un respingo y salió con gesto airado, en parte real y en parte fingido. Khaliyha largó una sonora carcajada, mientras Cristian, bastante confundido, trataba de salir de su situación sometida.

— ¡Quédate dónde estás, que no he terminado contigo!— fue la tajante orden que recibió.

Satisfechas las ansias de Khaliyha, el hombre le preguntó sobre la charla dialectal con su madre.

—O sea que me ha pescado en una posición que ella juzga humillante. ¡Sentirá desprecio de su futuro yerno!

—Más bien siente envidia de su hija. Además, no te preocupes, de tu presentación lo único que entendieron es que eres italiano...

—...pero yo nunca...

—...y los italianos son conocidos en esta parte de África como hombres de instintos sexuales insaciables y extravagantes.

—...instint...extrav... ¿pero quién de nosotros fue que...?

Khaliyha le colocó uno de sus largos dedos en los labios de él silenciándolo, mientras le decía

— ¡No pretenderás divulgar nuestros secretos de pareja! Además recuerda que yo soy una princesa, de modo que el único culpable posible eres tú.

Acto seguido lo besó en la boca mientras tomaba una de las manos de él y la colocaba entre sus muslos.

—...insaciable. Al diablo ¡Que les cuelguen el cartel a los italianos! Total, yo soy argentino.

CAPÍTULO 5

A lo lejos se vislumbró la nube de arena levantada por las ruedas del viejo Toyota, y los numerosos aldeanos que no tenían tareas que realizar se nuclearon frente al difuso camino que conducía al sur.

Al arribar el vehículo, descendieron varias personas, entre las cuales destacaba un hombre alto, de barba cana y atuendo regio, a pesar del polvo que lo cubría.

Khaliyha, que había sido advertida de la llegada y había salido de la casa se acercó al recién llegado y se paró a un par de metros de él. El hombre la contempló largamente, hesitó un momento, y luego abrió sus brazos, la joven se arrojó entre ellos y ambos se confundieron en un prolongado y silencioso abrazo.

Cristian, situado a una cierta distancia no pudo oír lo que se dijeron padre e hija, hasta que ella se dio vuelta y le hizo señas para que se acercara.

Los dos hombres estrecharon sus manos en silencio. Cristian se sintió escrutado por el anciano, cuya presencia era avasalladora, pero no se amilanó y devolvió la mirada firme. Si lo que había intentado Ousmar Djalali era amedrentar a su futuro yerno debía reconocer que, a pesar del aspecto frágil de éste, no lo había logrado; si por el contrario había intentado medir su resiliencia había tenido más éxito.

En todo caso, el jefe tribal, que en otras ocasiones había logrado evaluar la confiabilidad de un hombre en la primera mirada, esta vez tuvo que posponer su decisión.

Khaliyha hizo las presentaciones, y Cristian consiguió musitar:

—*Enchantée*

Ousmar Djalali rodeó la cintura de su hija y juntos caminaron en dirección a la casa; Cristian los seguía unos pasos detrás y apenas pudo percibir que hablaban en el dialécto africano.

Esa mañana Khaliyha volvió a los aposentos con su novio, y permaneció en silencio mientras se cambiaba el calzado.

—Y bien— dijo Cristian.

—Y bien, por ahora pasaste la prueba, lo que no es poco.

— Pero si casi no abrí la boca.

— No hace falta. Ya te dije que siempre fui la preferida de mi padre, a falta de un hijo varón. El que apareciera quince años más tarde, embarazada de un extranjero necesariamente habría de producir rivalidad entre Uds. Yo ya lo descontaba.

— ¡Podrías haberme prevenido!

—Creo que ya me conoces, debías probarte con tus propios recursos. Y has aguantado la primera carga, aunque la opinión de mi padre sobre ti se halla en formación.

—Khaliyha, entiendo el rol central de tu padre en la comunidad y en tu vida, pero yo no voy a dejar que me determine, voy a seguir siendo yo mismo— El tono de Cristian había sido tenso.

Khaliyha sonrió

— Eso es lo que me desconcierta y a la vez gusta de ti, esa mezcla de indefensión aparente y control interior. Me alegra una vez más haber dejado que Ousmar Djalali haya chocado contra ese muro imprevisible y se halle ahora perplejo— Se acercó al hombre y lo besó con pasión— ¡Ah! Me dijo que quiere conversar contigo antes de la cena.

— Que así sea.

Llegada la hora de la cita Cristian se aproximó a la sala donde lo esperaban. En el camino vio a una mujer de espaldas vestida con una túnica azul brillante. Al reconocerla el corazón comenzó a latirle aceleradamente contra su voluntad. Inconscientemente apuró el paso hasta estar a su lado y al acercarse ella se dio vuelta y sus ojos se cruzaron fugazmente, pues los de la joven bajaron de inmediato, mientras la sangre teñía sus mejillas oscuras. Cristian, aunque también afectado, no pudo dejar de contemplar el rostro, bello como sólo el de una hija del desierto puede serlo.

—Hola Charfadine— dijo con la voz aún no firme.

—*Alo, Monsieur Cristian*— respondió repuesta y mirándolo en los ojos, tras lo cual prosiguió su rumbo hacia la cocina.

Ousmar Djalali lo esperaba sentado en un amplio sillón, ya que se encontraba con dolores de cadera fruto de los viajes en camello y caballo de los días anteriores. Cristian pudo percibir una sutil diferencia en la actitud del africano respecto al primer encuentro. Lucía igualmente su autoridad pero sin el aura de indiferencia despectiva que le pareció percibir entonces. La conversación se desarrolló en francés y en inglés, cuando las limitaciones del joven en el primero lo requerían. El anciano lo fue conduciendo por una serie de conversaciones que producían necesariamente respuestas y reacciones variadas en el muchacho; este se serenó al percatarse que no se trataba de un interrogatorio hostil sino de una hábil exploración sobre sus conocimientos, actitudes y en definitiva su carácter. Djalali fue descartando motivaciones ideológicas, políticas y de interés económico en la relación de su interlocutor con Khaliyha, y lo hizo con una maestría de un verdadero líder de hombres. Cristian se percató del sentido de muchas de las preguntas y se preocupó por contestar con la mayor candidez posible; tenía la convicción creciente de que estaba rindiendo un examen y que lo estaba aprobando.

En un momento determinado apareció Souady en la puerta, esperó unos instantes para no cortar la conversación, y quizás para percibir el tenor de la misma, y luego con una sonrisa anunció la cena.

Un mes más tarde Khaliyha y su madre hicieron un misterioso viaje a El Cairo, del cual regresaron tres días más tarde. Un aire de satisfacción se notaba en ambas mujeres, aunque no divulgaron la causa de inmediato.

Cristian preguntó a su novia sobre los pormenores del viaje, y tras algunas evasivas recibió su respuesta.

—Fuimos a hacer un estudio ginecológico y a ver la evolución del embarazo, ya que se cumplió el sexto mes.

— ¿Y bien?

—El embarazo va muy bien, y se trata de una criatura de buen tamaño— respondió enigmáticamente Khaliyha.

— ¿Aja, y que más?

—Es un varón— agregó la mujer apenas conteniendo su alegría.

— ¡Ah! Qué bien, habrá un Colombo más en el mundo—respondió Cristian con una sonrisa— siempre quise que mi primogénito fuera un varón.

— ¡Pero no se trata sólo de tu primogénito Colombo! ¿No te das cuenta de las implicancias dinásticas y políticas que ello tiene?

— ¡Al diablo con las implicancias!— respondió enojado el hombre— Se trata en primer lugar de mi familia.

—Sí, pero no sólo de tu familia— Khaliyha usó un tono conciliador y acarició a su novio en la mejilla— Cristian, mi pueblo está cercado por enemigos históricos, necesita mantenerse unido. Una descendencia asegurada de sus líderes es un elemento aglutinante importante para su supervivencia.

—En mi país tenemos justamente el problema de familias que se quieren eternizar en el poder.

—No comparemos tradiciones culturales completamente distintas. Además, tu país no está determinado por una etnia ni cercado por enemigos.

—No compro el rol salvador del líder, ya hemos tenido suficientes ejemplos de que terminan fatalmente en la corrupción.

Inesperadamente Khaliyha le tomó la cara entre sus manos y le sonrió:

—Te entiendo, no olvides que he sido educada en Francia y los Estados Unidos. Comprendo el ideal republicano; sólo te pido que tú entiendas que hay otras formas en que las gentes pueden organizarse. Me alegro que nuestro hijo tenga ambos genes; así estará abierto a la historia y al futuro simultáneamente.

La reflexión dejó al muchacho cavilando; Khaliyha era un manantial de sorpresas, aún en materia política; sus pensamientos eran siempre originales y personales, jamás atados a *clichés*. Por otro lado, debió reconocer una vez más como lo había manejado a él y sus emociones. La mujer siempre hallaba la actitud justa para allanar dificultades y vencer resistencias.

—Pero debemos volver al tema de nuestro hijo— prosiguió ella— Su venida vencerá las últimas resistencias de mi padre. Ahora es el momento de hablar de nuestro casamiento.

Nuevamente la frase tomó desprevenido a Cristian, pero esta vez ya había madurado el tema. Respondió de inmediato.

—Cuando estés lista, yo lo estoy.

Ousmar Djalali envío un mensaje a Cristian invitándolo a una reunión en la carpa ceremonial de la tribu. Khaliyha de inmediato puso al tanto a su novio de las implicancias de la reunión. Sin duda el propósito sería el de presentar a Cristian ante los demás ancianos y otros dignatarios de la etnia y permitir que estos interrogaran al joven sobre sus antecedentes e intenciones. Era un rito que se practicaba con todos aquellos que pretendían unirse a algunos de los clanes, en general por casamientos exogámicos.

— ¿Y qué me pueden preguntar?— inquirió el joven— ¿Qué puede ser de interés para ellos?

—No tengo idea, pues es un espacio puramente masculino. Yo sólo conozco las actividades femeninas. Además, si lo supiera tampoco te lo diría, pues es también mi intención ver cómo te las arreglas. De todas manera, más importante que lo que digas es como te comportes, sobre todo tu seguridad. Sólo te diré que tengo total confianza en ti.

La carpa era un espacioso círculo hecho de telas bordadas, de unos veinte metros de diámetro, armada en el acceso norte de la villa, en una zona desértica. Al verla quedaba de manifiesto su importancia ritual, por su tamaño en comparación con las chozas de la mayoría de los aldeanos, y por su aspecto vistoso.

En el interior había alfombras desplegadas, con unas especies de almohadones. Cuando Cristian ingresó ya había unos quince hombres sentados, todos alrededor de Ousmar Djalali. En general eran hombres ancianos, excepto tres guerreros más jóvenes, que venían provistos de dagas curvas en el cinto. Las vestimentas de todos ellos eran lujosas y coloridas. Bebían café en pequeñas tasas, y ofrecieron una al joven. El café era cargado y tenía borra en el fondo, y su aroma y sabor eran exquisitos.

—Bien joven— Omar abrió la reunión— estamos aquí reunidos para conocerlo— el tono era neutro y no le produjo a Cristian ninguna emoción particular— Aunque Ud. ya tuvo una reunión conmigo, repetiré algunas preguntas deseo que los demás asistentes tengan la misma información que yo.

Antes de comenzar con las preguntas pasó a presentarlos uno por uno, con sus nombres y títulos, de los que Cristian entendió poco y retuvo menos; de todas maneras, el que estaba siendo evaluado era él, eso estaba claro. Luego presentó al joven y realizó una breve introducción sobre su llegada a la aldea.

Uno de los ancianos le pidió que contara sobre su educación, experiencia y medios de vida. En el curso de la reunión, la tensión que dominaba a Cristian fue cediendo a medida que percibía que estaba contestando adecuadamente las preguntas que se le formulaban. Esto era algo típico en él: la inseguridad inicial producto de su innata timidez dejaba paso al autocontrol progresivo al dejar que su también natural inteligencia fuera resolviendo las dificultades y trampas que se le presentaban. Miró con el rabillo del ojo a Ousmar para ver si lucía satisfecho, pero el rostro del africano era impenetrable; el muchacho cayó en cuenta que también Djalali estaba tenso, ya que él estaba siendo juzgado al mismo tiempo por haber llevado a la reunión a aquel extranjero.

El interior de la tienda comenzó a llenarse de humo, producto de las pipas encendidas, de modo que varios de los hombres exhibieron abanicos.

De pronto, uno de los hombres jóvenes con aspecto de guerrero, que había permanecido callado, preguntó:

— ¿Tiene Ud. algún entrenamiento militar? ¿Conoce el manejo de armas? ¿Ha estado alguna vez en combate?

Cristian recordó la frase de Khaliyha con relación a los enemigos que acechaban a la tribu a su alrededor, y se percató de la importancia del tema. Optó por contestar con total sinceridad.

—No tengo experiencia en combate. En mi país el servicio militar se abolió hace largos años y no hemos tenido guerras en lo que yo llevo vivido. Sólo he participado en riñas de muchachos a puñetazos.

Sintió que la respuesta había sido adecuada por algunos asentimientos de los más ancianos.

De allí en adelante la reunión se hizo más social y no tan centrada en la figura de Cristian. Los hombres comenzaron a retirarse de la tienda y a conversar en el exterior, bajo el sol.

El joven esperó a que se levantara Ousmar y lo siguió en silencio hasta la casa.

Al día siguiente Khaliyha volvió de un corto viaje con sus familiares, y encaró a su novio.

—Tengo novedades sobre la repercusión de la reunión de ayer.

— ¿Te contó algo tu padre?

—No es así como funciona la cosa. Mi madre le sonsacó a mi padre, y yo a ella.

—Todo está estructurado aquí— Cristian agregó con impaciencia— Bueno, en definitiva, ¿cómo fue?

—Causaste una buena impresión porque hablaste con sinceridad, y lo más importante para ellos era determinar si tienes una agenda oculta. Las competencias que te otorgan con relación a ganarte la vida honradamente son aceptables. El punto flojo es, como tú presumías, tu falta de preparación militar, en un medio conflictivo. No es admisible en el marido de una princesa; estarás muy cerca del poder de la tribu.

— ¿Entonces me rechazan?

— Son bastante más sabios que eso. Van a subsanar la falla.

— ¿Y cómo?

— Dándote un entrenamiento militar, lógicamente.

— ¿Pero tienen un curso a algo así?

—Tienen un entrenador. En realidad es el jefe militar de la etnia: Haroun. Es el guerrero que te interrogó al respecto en la reunión.

—Tiene un aspecto temible, como su mano en la cimitarra.

—Es eficaz en lo suyo. Debo advertirte de algo.

— ¿Qué más?

—Haroun era el hombre que me pretendía cuando me fui de Chad.

— ¿O sea que voy a poner mi cuello en manos de un rival celoso?

Khaliyha echó una carcajada, y como la hacía habitualmente, cambió el estado de tensión de la escena.

—No, no. Eso fue hace mucho tiempo. Ahora se ha casado bien y tiene su familia armada; de hecho, no sé si tiene más de una esposa, por lo que me alegro de haberlo dejado plantado— y luego añadió con picardía— de todas maneras ten cuidado con tu garganta. ¿Quién sabe cuál será su reacción frente al hombre que embarazó a su antiguo amor?

La relación con Haroun fue buena desde el comienzo. No hizo ninguna mención al pasado, y fue probando las aptitudes de Cristian hacia el combate. Le hizo practicar algo de lucha personal, lo que lo envió reiteradamente al suelo durante los primeros días, y luego siguió con un entrenamiento básico de armas, comenzando con viejas carabinas tuaregs, hasta algunas más modernas. En un momento le dijo.

—Veo que aprendes rápidamente, y tienes buena puntería natural. Mi duda mayor es sobre tu actitud cuando tengas que apuntar a matar o cortar una garganta.

—Espero que no llegue ese momento.

—En nuestro país y tu posición no es cuestión de **si** llegará, sino de cuando.

Varias semanas después que Cristian hubiera comenzado su entrenamiento bélico, Khaliyha le preguntó por sus relaciones con Haroun.

—Como verás, aún tengo mi cuello en una pieza, y creo que a pesar de nosotros mismos, nos tenemos una cierta simpatía. Me lleva como veinte años y creo que me ve como un sobrino o algo así. Como asesor militar sin duda es eficiente, el clan puede estar tranquilo con él.

CAPÍTULO 6

Haroun lo estaba esperando en la salida norte de la aldea, es decir, la orientada hacia la zona semidesértica del Sahel. Lo acompañaba un beduino vestido con una larga túnica, con tres camellos saharianos.

—Hola Haroun—saludó intrigado Cristian— ¿Qué tenemos hoy?

—Vamos a suspender por un día el entrenamiento con armas, aprovechando que está aquí mi amigo Hassan— e hizo un gesto hacia el camellero, quien sonrió exhibiendo su boca desdentada— quien nos prestará dos de sus bestias por el día.

Luego de la complicada subida al camello Cristian y Haroun anduvieron en silencio, mientras el joven trataba de estabilizarse sobre el animal y realizaba un vano esfuerzo para guiarlo; al cabo de un rato lo dejó hacer, convencido que la bestia se limitaba a seguir al camello de Haroun.

Andado aproximadamente un kilómetro Haroun rompió el silencio, hablando con el joven de un camello al otro.

—Conozco a Hassan desde que yo era niño, él me enseñó todo lo que se sobre camellos.

— ¿Y quién es Hassan?— preguntó Cristian— ¿un guía del desierto o algo así?

—No precisamente. Es un antiguo asaltante de caravanas, que estuvo en actividad hasta que en un combate con la Legión Extranjera francesa en la actual República Centroafricana resultó gravemente herido. Actualmente se dedica al contrabando y tráfico de personas.

—Ya veo. Un pilar de la comunidad.

— Que conoce el Sahara y esta zona intermedia como pocos.

Un nuevo período de silencio mientras los camellos sorteaban una zona rocosa que ofrecía algunas dificultades.

—Una de mis esposas ha oído que te vas a casar con Khaliyha, y que el niño que esperan es un varón.

—Así es.

—Te felicito, aunque algo dentro mío hubiera deseado que ese hijo fuera mío— miró a Cristian y soltó una carcajada— No te preocupes, eso está superado de hace tiempo. Ousmar Djalali debe estar exultante, aunque no creo que lo exteriorice. ¡Su primer nieto! Te habrá explicado Khaliyha la importancia política de la noticia.

—Sí, aunque aún no termino de compartir los desvaríos dinásticos que tienen Uds.

Nueva carcajada de Haroun.

—Asegúrate de que Ousmar nunca te escuche decir eso— dijo sin embargo muy serio.

Cristian ya se había percatado hacía tiempo que Haroun no era un simple guerrero sino un hombre inteligente, de mente amplia como pocos en la aldea, y se alegraba de tenerlo de amigo y consejero. Él y Khaliyha eran los únicos con quienes se animaba a hablar con sinceridad.

—No te preocupes, así lo haré.

Luego de otro corto trecho Haroun cambió el tema.

— ¿Khaliyha hablo contigo sobre nuestras costumbres y tradiciones para las bodas?

—No, ¿hay algo que yo debiera saber?

—Sobre el rito no seré yo quien te lo explique, pero hay un tema que sí quiero que sepas. Se trata de lo que tú denominarías la dote. La tradición exige que la familia del novio, o el novio mismo, haga un regalo a la familia de la novia— en realidad a su padre.

— ¿Algo simbólico?

— ¡Nooo!, algo bien concreto, ganado por lo regular, y en cantidad equiparable al valor de la novia, lo que en el caso de Khaliyha es muy elevado. Hablamos de vacas, caballos o camellos.

—Como te imaginarás, no estoy en condiciones de regalar ni una gallina. ¿Sin esto la boda no se puede realizar?

—Normalmente no. Pero no te preocupes, es por eso que traigo este tema a colación.

— ¿Y porque no me debo preocupar?

—Porque yo voy a darte la dote que vas a entregar a Ousmar.

— ¡No puedo aceptar eso! Sería abusar de tu hospitalidad. Ya bastante haces encargándote de suplir mi desventaja en el terreno militar.

—No hay problema, vengo de una de las familias más ricas de nuestra tribu. Esto no me afectará económicamente. Además, ya estoy haciendo una inversión en ti.

Cristian meditó en silencio durante un rato. Había ya visto gestos de generosidad entre las gentes del desierto, pero éste superaba su expectativa.

—Te estoy muy agradecido, Haroun— espero poder devolverte el valor de la dote algún día.

— De ninguna manera. Un favor se devuelve con otro, no en metálico.

Siguieron en silencio. El joven se hallaba sumido en profundas meditaciones, producto de las experiencias vitales a que estaba expuesto cada día. Súbitamente afloró un pensamiento que llevaba un tiempo incubándose en su interior, y que aun tenía forma difusa. Cristian tenía una capacidad de autoexploración poco habitual en gente de su edad, que le ayudaba a poner en claro sus sentimientos. El contacto con el pueblo de su mujer le resultaba gratificante y no podía dejar de reconocer que un sentido de pertenencia se estaba desarrollando en él. A pesar de las distintas valoraciones sobre una infinidad de temas, como el rol de las mujeres, la paz, la independencia de cada individuo respecto a su etnia y tantas otras, su admiración por el valor, la hospitalidad, dignidad, generosidad y sentido de entrega se habían apoderado de su corazón. El gesto de Haroun lo había conmovido, y le resultaba incompatible con la sociedad materialista, fría y calculadora de la que Cristian provenía y a la cual se había adaptado tan bien al punto de haber vivido de las mujeres. Una corriente fría de vergüenza corrió por su espalda.

La boda comenzó como un acto privado entre las familias de ambos contrayentes. En el caso de Khaliyha estaban presentes sus padres, Charfadine, sus tíos y primos, que incluían una veintena de personas, todas ricamente ataviadas con vestidos y túnicas multicolores de una notable riqueza visual; los Djalali eran ricos y debían obligatoriamente exhibir sus riquezas en ese evento tan especial, sobre todo por la relevancia política que Ousmar detentaba. A falta de la familia genética de Cristian, sólo lo acompañaba Haroun, ataviado con sus galas de guerrero. El novio vestía lo único que poseía acorde con las tradiciones. Khaliyha estaba velada y escondida en el comienzo de la ceremonia, como el rito lo requería. La primera fase fue la entrega de la dote de la familia del novio a la de la novia, que materializó Haroun en la forma de cincuenta reses magníficas, las que fueron inspeccionadas por Ousmar y uno de sus hermanos. Tal como lo requería el protocolo Ousmar se mostró no muy satisfecho, pero su hermano terminó por convencerlo de la calidad del regalo. La dote quedaba pues aprobada, con lo que el requisito previo a la boda estaba cumplido.

Se presentó entonces un chamán animista vestido con manojos de paja y con la cara pintada con signos rituales, quien realizó varios conjuros en un antiguo dialecto, pidiendo al gran espíritu universal por la larga vida de los contrayentes y la fertilidad de la pareja y sus rebaños. Recién en ese momento apareció la novia y fue desvelada por su padre. Khaliyha no podía ocultar la intensa emoción que la embargaba. Estaba vestida con una túnica blanca con apliques dorados, que disimulaba bastante el embarazo.

Por tres veces consecutivos el chamán le preguntó si consentía su casamiento, a lo que ella contestó afirmativamente. En ese momento Haroun entregó a Cristian un anillo que éste colocó en el dedo anular de Khaliyha. La boda se había llevado a cabo, Khaliyha y Cristian ya eran esposos.

En realidad, la boda en si misma fue más un proceso que un acto. Tres días duraron los festejos, en el curso de los cuales prácticamente todos los miembros de la etnia, incluso los muy ancianos y los que residían en aldeas muy distantes, se presentaron a bendecir a la pareja, traer sus opulentos o modestos regalos y saludar al jefe tribal y su esposa. La boda cumplió no sólo con su rol social y familiar, sino que fue un acto político importante, que soldó la unión de la etnia y los vínculos entre sus integrantes. Viejas rencillas lugareñas fueron enterradas y el espíritu comunitario reforzado. Ousmar Djalali y su mujer estaban radiantes. Una aspiración largamente demorada por la prolongada ausencia de su hija mayor había sido cumplida.

Los ecos de la boda duraron varias semanas, en las cuales, aún pasaban a saludar familias de aldeas alejadas que no habían podido llegar a la ceremonia por variadas razones.

En el ínterin, Khaliyha y su marido se habían mudado a una pequeña casa situada en la periferia de la aldea, en el extremo sud, lindando con unos bosquecillos de acacias y otros árboles. La vivienda constaba de tres habitaciones, la más grande las cuales servía como sala de estar y comedor. Un par de mujeres de la tribu acudían a encargarse todos los días de la limpieza y la cocina, ya que el embarazo de Khaliyha para ese entonces la limitaba bastante en sus movimientos.

Tres veces por semana se reunían Cristian y Haroun para proseguir con el entrenamiento, que en realidad se había convertido en un ejercicio físico para ambos. Un día se habían internado en la zona desértica ubicada hacia el norte del poblado más de lo habitual. Se hallaban ejercitando la lucha cuerpo a cuerpo donde habitualmente Cristian recibía una buena tunda, cuando este se percató que Haroun se había detenido de golpe enfocando su vista en el horizonte norte. Siguió su mirada y allí, claramente recortadas sobre una duna situada a buena distancia distinguió las siluetas de tres jinetes que a su vez los observaban. Los albornoces se agitaban con el viento y en sus espaldas se veían asomar los cañones de sus fusiles. La escena no sugería nada bueno, y una luz de alarma se encendió en la mente de Cristian, particularmente habida cuenta del ceño adusto de su compañero.

Prudentemente Cristian se acercó al guerrero y le preguntó:

— ¿Qué ocurre Haroun? ¿Quiénes crees que son?

—Son miembros de la etnia Goran, que se adueñaron del país hace una generación y lo cubrieron de sangre. Son musulmanes y aliados de los árabes; aunque ellos mismos son de sangre mezclada, consideran que los negros somos sólo bestias de carga. Nunca habían llegado tan al sur. Me da mala espina. Pienso que son exploradores.

El ánimo de los dos hombres cambió radicalmente, por los presagios que los jinetes traían.

— ¿Prefieres que nos retiremos?— Preguntó Cristian.

—Por el contrario. Sigamos ejercitándonos en la lucha, para que vean con que se van a encontrar.

Durante el camino de regreso Haroun estuvo absorto en sus pensamientos, y el joven respetó el silencio. Cuando ya se acercaban a la aldea el africano dijo:

—No hables con nadie de esto. Yo voy a comunicárselo a Ousmar en persona. Él decidirá qué hacer.

Al día siguiente uno de los sirvientes de la familia Djalali se acercó a casa del nuevo matrimonio y comunicó a Cristian que esa tarde habría una reunión en la carpa ceremonial, sin precisar el motivo.

—Me extraña esta reunión fuera de agenda— dijo Khaliyha— ¿tienes idea de que se trata?

Cristian se mostró remiso a contestar, pero ante la insistencia de la mujer respondió.

—Me he comprometido con Haroun a no revelar de que se trata, y te pido que respetes mi compromiso.

Khaliyha, conocedora de los códigos masculinos, no insistió a pesar de que a la larga podía haberse enterado de lo ocurrido.

La carpa estaba colmada de los jerarcas de la tribu cuando llegó Cristian, quien pudo sentarse en el suelo, sobre una de las alfombras, en la cuarta fila de los asistentes.

Un fuerte murmullo y el humo del tabaco llenaban la carpa, y el clima imperante era de inquietud. En un momento Ousmar pidió silencio y las voces cesaron. El jefe explicó que varias noticias habían llegado, que si bien no eran preocupantes requerían la atención de los asistentes. A continuación Haroun tomó la palabra, y a pesar de que Cristian pudo seguir con dificultad su discurso en dialecto, entendió que estaba narrando la visualización de los tribeños saharianos en el desierto. Luego varios personajes más, guerreros y comerciantes, contaron sus experiencias de encuentros, hasta el momento incruentos, con árabes y miembros de la tribu Goran en sitios donde antes no se los veía, al menos en la última década.

Una vez concluidos los testimonios, se volvió a hacer silencio a la espera de que hablara el jefe de la tribu. Ousmar carraspeó y comenzó a delinear la estrategia que habrían de desarrollar. Haroun terminó de poner a Cristian al tanto de lo resuelto luego de la reunión.

Se dispondrían pequeños puestos fuertes con centinelas permanentes en los accesos norte de la aldea fuertemente armados. Patrullas a caballo y en camello se internarían en el Sahel para dar la alarma en caso de desplazamientos de tropas potencialmente hostiles. Todas las armas disponibles serían requisadas, sería controlado su funcionamiento y serían asignadas a los hombres en condiciones de hacer uso de ellas; todos los jóvenes serían sometidos a un entrenamiento militar del tipo del que había realizado Haroun con Cristian. Emisarios saldrían a ponerse en contacto con todos los jefes de aldeas aliados para convenir una estrategia de mutua colaboración en caso de ataques, y por último, espías se introducirían en los países vecinos para monitorear las situación política y militar en cada uno de ellos, y explorar rutas de escape de la población si la situación de seguridad se agravara. Así, Sudán, Níger, Nigeria, Camerún y la República Centroafricana serían evaluados según las garantías que un éxodo hacia cada uno de ellos ofreciera. Cada responsabilidad le fue asignada a un hombre de confianza de la tribu. Haroun sería el coordinador de las patrullas en la frontera norte, y Cristian estaba incorporado al contingente de aquel. El muchacho preguntó a su amigo cual sería el rol de Ousmar, y la respuesta difusa le dio a entender que en primer término viajaría con destino desconocido para tomar contacto con los franceses, habituales garantes de última instancia de las tribus animistas frente a los señores de la guerra del norte.

El joven quedó admirado de la sabiduría y capacidad de mando de su suegro y el respeto que inspiraba en sus seguidores, y por primera vez admitió que un líder era necesario en situaciones límite.

Cristian se sintió libre de contar las novedades a su mujer.

—Te traje a este país y casi en seguida te ves envuelto en una guerra que no es la tuya— expresó con pesar Khaliyha.

— Es la mía si mi familia se ve involucrada.

—Pero no es tu pueblo.

—Mi pueblo está donde mi mujer y mi hijo.

La mujer quedó estupefacta de la respuesta. La evolución interna que estaba sufriendo Cristian, y la identificación con los miembros de la etnia de su mujer no la había compartido ni con ella ni con nadie, y en realidad él mismo se sorprendió al expresarla con tanta claridad.

—Sin embargo—añadió el joven— preferiría que tú fueras evacuada tan pronto como sea posible. Quiero ponerte a ti y al niño a salvo de cualquier peligro.

—Eso es imposible— contestó ella— mi hijo es el futuro de esta tribu, y debe nacer en su seno. No puede ser un prófugo desde antes de nacer. Al menos no por algo que por ahora es sólo una amenaza difusa. En todo caso dejaremos esta decisión en manos de mi padre.

—Desde ya te digo que el responsable último de mi familia soy yo, y que no delegaré decisiones fundamentales ni en tu padre ni en nadie.

Hizo un alto para enfatizar las palabras que había dicho, que impactaron en forma notable a Khaliyha.

— Bien— prosiguió luego Cristian— al menos delinearemos un plan de contingencia para el caso en que la situación se agravara.

CAPÍTULO 7

Dos meses pasaron, con momentos de tensión por noticias alarmantes que llegaban y quedaban luego desmentidas por los hechos, pero que permitían mantener y monitorear el grado de alerta necesario para la seguridad de la aldea.

El período de gestación del hijo de Khaliyha y Cristian se completó, y el bebé nació normalmente en 15 de mayo, en el comienzo de la época de lluvias debidas a la zona de convergencia intertropical, que normalmente se produce en la zona, aunque a veces falta produciendo sequías de tremendas consecuencias. En ese año no falló y la lluvia caía en forma por momentos torrencial.

Un médico francés y su equipo se movilizaron desde Yamena, la capital de Chad, para estar a disposición y asistir en caso de necesidad, pero su auxilio no hizo falta y el parto fue atendido por matronas de la tribu según los métodos habituales. Esto fue conceptuado como de buen augurio por la familia Djalali, e incrementó la satisfacción de Ousmar y Souady como abuelos.

—El nacimiento de un sucesor es también una noticia que nos unirá en el momento más oportuno— confió Ousmar a Khaliyha.

El bebé fue llamado Hubert, nombre francés pero relativamente divulgado en Chad, y aceptable dado que su padre era extranjero.

Cristian se acercó a la cuna de su hijo, y lo observó en silencio, en un momento en que la madre se había separado de él. La piel era notablemente más clara que la de Khaliyha, el cabello aun no se dejaba ver, y los ojos tenían un tono aguachento que aún no reflejaba su color futuro; el muchacho, a pesar de que gustaba mucho de su mujer, se sorprendió deseando que el bebé tuviese algún rasgo suyo. Jugueteó colocando un dedo en la pequeña manito y permitió que instintivamente se lo apretara. Tuvo la intuición de que era observado y al darse vuelta vio que Khaliyha lo miraba desde cerca con una sonrisa.

—Muy tierno —le dijo— es el primer gesto que tienes con Hubert.

—Porque es la primera vez que puedo estar a solas con él.

— ¿Y no puedes hacerlo si alguien te observa?

—Calculo que tendré que habituarme aún a esto de ser padre.

Khaliyha le pasó una mano por el cabello y su sonrisa se transformó en provocativa.

—No sólo el bebé necesita de tus caricias.

Cristian conocía ya a su mujer y su forma de manifestarle sus deseos sin falsos pudores.

—Lo sé. Ha sido una larga abstinencia también para mí— dijo, introduciéndole una mano bajo su túnica.

Ella lo arrastró a la cama matrimonial. Estaba vestida con un *negligeé* muy liviano y el roce con el contorno de su cuerpo excitó a su marido, Cristian la levantó del suelo los pies de ella y la depositó en el lecho. Se fundieron en un beso prolongado en la boca, y luego él comenzó a besar y a acariciar su largo cuello, sus pechos, chupó sus pezones, recorrió su pecho y su vientre. Súbitamente ella se levantó y puso a su marido de espaldas en la cama, de un tirón se sacó la trusa y se sentó en su cara con movimientos frenéticos.

—Por lo que veo no has cambiado de gustos—dijo el joven.

—Cierra la boca y ponla donde ya sabes— fue la lacónica respuesta.

Sin duda Khaliyha tenía una calentura acumulada por un largo período, pues resultó insaciable, tras obtener un largo y profundo orgasmo con el sexo oral, se tendió de espaldas y pidió a su esposo.

—Ahora penétrame y no salgas fuera de mí hasta haberme hecho acabar tres veces.

Luego de la unión quedaron exhaustos y permanecieron acostados uno junto al otro por un rato. Khaliyha pronto oyó los ronquidos del hombre, y se levantó para higienizarse. En el camino al baño miró hacia la salida y se sobresaltó al ver allí una figura sentada.

— ¿Cuánto haces que estás allí?— preguntó con un tono de enojo a su madre.

—Lo suficiente— respondió Souady con tono pícaro.

— ¿Es posible que no pueda tener relaciones con mi marido sin que te encuentre fisgoneando?— el enfado iba en aumento— entras siempre a hurtadillas.

—Querida, vine a visitarlos y no a hurtadillas. Incluso tropecé con una silla con bastante estrépito. Lo que ocurre es que Uds. estaban trenzados en un ovillo y no me oyeron.

— ¿Te agradó el espectáculo en tu honor? ¿La función privada para ti? Por lo menos podrías haber tosido para advertirnos.

—De ninguna manera. No deseaba distraerlos. Sabes que espero de ti un nieto cada año, y esa es precisamente la manera de lograrlos.

—Bien— dijo Khaliyha algo más calmada— salgamos de la casa para hablar. No quiero que Cristian se despierte y se entere que hemos estado haciendo un numerito. No quiero que pase un bochorno por una suegra metida.

Salieron mientras Souady proseguía desvergonzadamente.

—Parece fogoso el italiano. Bueno, tienen esa reputación. Y sigue aceptando que te sientes en su cara...

En un momento se oyó el llanto de un bebé, Khaliyha dejó plantada a su madre y entró velozmente en la casa; al pasar por el dormitorio vio que su marido se estaba levantando en calzoncillos.

— ¡Ah! *Mon cher*, vístete que acaba de llegar mi madre.

— ¡Oh! ¿Y dónde está?— preguntó sonrojado.

— No te preocupes, aún no ha entrado.

El caluroso día de julio los forzaba a beber de sus cantimploras permanentemente. Haroun había elegido un sendero hacia el noroeste para hacer el patrullaje diario. Otros dos hombres los seguían a distancia. Los camellos avanzaban silenciosamente por las arenas y no habían cambiado palabra en la última media hora.

—Haroun, ¿ha habido novedades sobre los incursores del norte, Goran o como se llamen?

—Lamentablemente sí. No hemos querido difundir la noticia para no alarmar a los aldeanos, pero hemos reforzado nuestras precauciones— informó en voz queda— hace tres días una patrulla nuestra sorprendió a cuatro jinetes en un cañón. Hubo un duro enfrentamiento y tres de ellos cayeron muertos, aunque el cuarto escapó. Perdimos a Habibi, uno de los hombres a mi cargo, proveniente de una aldea más al sur. Ousmar tiene una cita con un delegado francés en la capital en un par de días. Va a pedirles que tengan aprestado a un contingente de rápido despliegue y que nos den armas más modernas. Muchos de nuestros hombres están armados con carabinas de un siglo de antigüedad, y estamos escasos de balas.

—Sabes, quisiera trazar un plan de contingencia para poder evacuar a Khaliyha y Hubert en caso de ataque. ¿Qué me podrías recomendar?

— Un curso de retirada hacia el puerto de Douala, en Camerún. En este continente nunca sabes si puede haber una matanza como la de Darfur, y puede ser necesario viajar al exterior para poner distancia. ¿Tú tienes familiares en tu país?

—Si, por cierto. Mis padres y dos hermanos con sus familias. Tienen una chacra, es decir una granja mediana.

— ¿A qué llamas mediana?

— Doscientas hectáreas.

— ¿Y te recibirían si fuera necesario?

—Sí, puedo regresar y me recibirían con alegría.

— ¿Y puedes regresar a tu país o tienes algo pendiente?

—Soy completamente libre de regresar. Salí sólo por afán de aventura.

— ¿Te mantienes en contacto con tu familia?

— Cada tanto les escribo. Antes tenía contacto semanal por Internet, pero aquí no tengo conexión.

— ¿Saben que te has casado?

— Sí, y que estaba esperando un hijo. Luego no di más detalles.

— Como estrategia militar— dijo medio en broma Haroun— te sugiero que prepares un refugio de retaguardia con tus padres. Que sólo se enteren tu mujer y tu suegro, nunca se sabe— agregó enigmáticamente.

Dos días después Khaliyha informó a Cristian que viajaría con Hubert a Yamena para efectuar visitas al pediatra y al ginecólogo. Aprovecharía un viaje de sus padres.

—Mi padre va en una visita semioficial— añadió— pero no tengo más informaciones.

Cristian ocultó la información de que disponía, pero contestó.

—Voy a escribir a mis familiares varias cartas y a enviarles algunas fotos tuyas y de Hubert. Te pido que las envíes por correo.

—Sí. Lo haré con gusto. ¡Por fin te acuerdas de ellos! En cuanto a ti, te puedes mudar provisoriamente a casa de mis padres, así pueden venir a efectuar las reparaciones que quedaron pendientes cuando nos mudamos.

Cuando Khaliyha partió con sus padres a la capital, Cristian recorrió a pie la distancia que separaba las dos casas, portando en su mochila lo necesario para los tres días en que iba a permanecer en el hogar de sus suegros.

Lo recibieron los criados, quienes lo condujeron a la habitación para invitados, que ya habían ocupado cuando recién llegaban con Khaliyha. Salió a encontrarse con Haroun para una de sus recorridas, y cuatro horas después regresó a la casa.

Acababa de ducharse y se vestirse, buscando como matar el tiempo en una casa que no era propia, y deambulando por la larga galería externa se cruzó de pronto con Charfadine. El rubor subió a sus mejillas, a pesar de sus intentos de controlar sus emociones. Esta vez fue la muchacha quien tomó la iniciativa de hablar.

—Hola Cristian, ¿te encuentras bien?

—Sí, muy bien. Hace tiempo que no nos vemos— su tono festivo reflejaba su estado de ánimo.

—Veinte días— respondió la joven con precisión inusitada. Has estado ausente en las patrullas y no estabas en tu casa en las dos oportunidades en que fui a visitar a mi sobrino.

— ¡Ah! Sí. Hubert— respondió Cristian un tanto descolocado. Charfadine enancó una ceja un tanto sorprendida— Perdóname— prosiguió Cristian— es la primera vez que te veo con la cabeza descubierta.

Efectivamente, la mujer llevaba un todo su cabello peinado en delgadas trenzas dejando su amplia frente al descubierto. El rostro era exquisito, y la mirada de Cristian naufragó en los grandes ojos almendrados de ella. Cuando reganó el autocontrol notó una sonrisa enigmática esbozada en la boca de Charfadine. Ambos jóvenes pasearon largamente por los bosquecillos cercanos a la casa, como si inconscientemente desearan sustraerse a las miradas de terceros. Ambos sentían el corazón ligero y no notaron el paso del tiempo.

—Cuéntame—preguntó ella— ¿Cómo es tu país? No recuerdo el nombre, pero sé que no es Italia como dicen los demás.

—Argentina. Es un país inmenso...

— ¿Más grande que Chad?—

— Si, supongo que es bastante más grande. Tiene...

La charla prosiguió durante más de una hora, en la cual la muchacha vio satisfecha su curiosidad sobre el sitio de nacimiento y las andanzas de su cuñado, cuidadosamente filtradas por éste.

En un momento ella dijo.

—Debemos regresar, está anocheciendo y no quiero que se preocupen por mí.

A los dos días Khaliyha regresó de Yamena junto con sus padres. Lucía radiante.

—Tanto Hubert como yo estamos muy bien—manifestó contestando la pregunta de Cristian— El niño ha crecido y engordado satisfactoriamente. Pero antes de seguir la conversación permíteme encargarme del almuerzo. Tengo cosas importantes que contarte y lo haremos luego de comer.

Ambos cónyuges se sentaron en la sala de estar mientras tomaban un brebaje de hierbas del desierto. Khaliyha tomó la palabra.

—Mi padre está muy preocupado por la situación política y nuestra seguridad, me refiero a toda la aldea—hizo una pausa— Se ha entrevistado con el cónsul y con el agregado militar de Francia en Yamena. Creo que ha pedido apoyo militar en caso de agresión de las tribus musulmanas del norte — miró a Cristian y notó que no lo había impresionado — ¿Es que no te preocupas por nosotros?

—Por supuesto que no es así. Lo que ocurre es que Haroun me había puesto al tanto superficialmente del tema.

—Mi padre me insistió en considerar la posibilidad de dejar Chad si la situación se complica. Además del tema militar, hemos conseguido que renueven mi pasaporte y visado franceses, así como documentación para Hubert. Esto está de acuerdo con tu preocupación de días pasados. ¿Tú tienes tu pasaporte en regla?

—Sí. ¿Has terminado?— al responder la mujer afirmativamente agregó— siéntate, tengo que comentarte el resto de mi charla con Haroun.

Cuando hubieron terminado su charla, Khaliyha recordó.

— ¡Ah! Mi padre me dijo que quería hablar contigo esta tarde. Pienso que puede estar relacionado con todos estos temas

Cristian llegó a la casa de sus suegros y un criado le franqueó el paso y lo hizo sentar en la sala. Ousmar apareció casi de inmediato.

—Gracias por venir, esta charla con Ud. está demorada— prosiguió sin dilación— Ya es miembro de mi familia y de nuestro clan, y hay cosas que debe saber, pues el futuro de una y otro depende de ellas.

Como era su costumbre, hizo un instante de silencio para enfatizar lo que seguiría.

—Las fronteras de Chad, así como las de casi todos sus países vecinos, son artificiales; proceden de las divisiones administrativas en la antigua África Ecuatorial Francesa. Se han reunido gentes muy diversas y de pasado muy conflictivo entre ellas bajo un mismo gobierno. Por eso desde la independencia y la formación de nuestra república, la historia ha estado llena de golpes de estado, limpiezas étnicas y carnicerías. De las más de doscientos etnias distintas la mayoría pertenece a dos grandes grupos raciales y religiosos. Los musulmanes saharianos al norte, que hablan árabe, y los pueblos negros del sur, emparentados con los sudaneses, divididos en numerosas etnias, de confesión animista aunque muchos han sido cristianizados por los franceses. La franja sur del país es la más fértil, y era la sede de los cultivos de algodón que formaban la base de la economía del Chad hasta la aparición del petróleo. De todas maneras estamos en uno de los países más pobres del mundo, y las tribus del norte siempre han deseado expandirse hacia nuestras tierras.

Cristian seguía la clara explicación de su suegro, mientras crecía en su interior una cierta admiración por este hombre, en apariencia un jefezuelo de una tribu remota y primitiva, pero que se revelaba como un fino político adaptado a su medio ambiente.

—El período colonial francés— prosiguió Ousmar— que había armado este engendro, consiguió a la vez mantenerlo en un equilibrio inestable, pero como le dije antes, a partir de la independencia las rivalidades explotaron, y ahora tenemos que lidiar con sus consecuencias— aquí hizo una pausa prolongada.

— Pero no fue sólo para ponerlo al corriente de nuestra historia y de nuestros problemas que lo llamé, sino que necesito discutir con Ud. su papel en ellos. La seguridad de mi hija mayor y mi nieto están en sus manos, y con ellos, el futuro de nuestro pueblo.

—Confíe en mí. Tengo el máximo interés en esas personas. Antes que la sucesión de su clan son mi mujer y mi hijo.

Ousmar no estaba acostumbrado a que le hablaran en lenguaje llano y desafiante, pero sabía adaptarse a las situaciones. Además prefería que su yerno no fuera un mojigato.

—Bien, ahora escuche...

Ousmar comenzó a delinear un plan de contingencia en base en parte a ideas propias, y en parte a las respuestas que Cristian le iba dando. Cuando se acabaron las preguntas dio por concluida la reunión.

Al salir el joven se tropezó con Souady, quien también manifestó interés en hablar con él.

<< Parece que al regreso de la familia de Yamena me he convertido súbitamente en una persona importante>> pensó.

—Sí, *Madame*, la escucho.

—Deje el *Madame* de lado, ya es mi hijo político. Llámeme Souady o *maman*

—Bien Souady.

—Hay un tema que mi esposo no habrá mencionado, pero que también afecta a nuestra familia, y tú debes saberlo— Cristian notó que ella a su vez comenzaba a tutearlo— Nuestra aldea no constituye una etnia propiamente dicha, sino que somos un clan dentro de la etnia Sara, una de las más grandes del sud de Chad. Al sur de nuestro territorio se extiende el del clan Mbaye, ésta sí una de las más poderosas de la etnia Sara.

—Entiendo.

—Los Mbaye siempre han tenido intenciones de anexarnos con lo cual perderíamos nuestra independencia y pasaríamos a ser algo así como sus —vasallos.

O sea que el único peligro no proviene de los musulmanes del norte.

—Así es, en Chad hay una situación de conflicto permanente entre todos los grupos étnicos. Esto ha ido siempre así, la novedad es que el hijo de uno de los jefes de los Mbaye pretende casarse con mi hija Charfadine.

Souady hizo un paréntesis y observó la reacción de Cristian. Éste, muy a su pesar, había quedado visiblemente afectado por la noticia.

—Bien, entiendo—dijo con un hilo de voz. Souady prosiguió

—Éste sería el primer paso en una serie de conflictos dinásticos en el seno de nuestra tribu. Los Mbaye intentarán desplazar a Khaliyha de la línea sucesoria de cualquier modo. Entiendes el peligro.

—Si, por supuesto— el joven estaba obviamente tenso— ¿Y... que piensa Charfadine?

— No quiere oír hablar de ese pretendiente. Creo que está ya enamorada de un hombre. Así como mi esposo debe ocuparse de situaciones de guerra y otras cuestiones masculinas, entenderás que es mi deber encargarme de estos menesteres.

El muchacho esperó unos momentos para ver si suegra expandía sus explicaciones y le precisaba que esperaba de él con respecto al espinoso tema que le había confiado. De momento no ocurrió y la reunión terminó allí.

Cristian, embargado por emociones encontradas prefirió no volver directamente a su casa, de modo que dio un amplio rodeo por los bosques de acacias para conseguir aquietar su espíritu.

CAPÍTULO 8

Ousmar Djalali había invitado a su yerno a acompañarlo en una de sus viajes comerciales por las aldeas vecinas al sur de su hogar. El propósito era internarse unos 50 kilómetros en la sabana que cubre la parte meridional de Chad. Llevaban unas cien cabezas de ganado, en general animales jóvenes nacidos en las zonas de cría del centro del país, lindantes con el Sahel, y venderlos a los ganaderos de las zonas de pastizales más aptas para el engorde de las bestias. Los acompañaban cinco aldeanos con experiencia en el arreo de ganado, y varios animales de carga, que llevaban las tiendas y provisiones. El propósito del viaje del joven, según le había manifestado Ousmar a Cristian era que, así como debía entrenarse en las artes militares por la conflictiva situación étnica y política del Chad, también era menester que conociera las actividades económicas que sustentaban al clan. La ganadería de cría era quizás la principal de ellas.

—Por el traqueteo en los caminos descuidados o aún inexistentes cada día me cuesta más viajar a caballo, y aún en el viejo jeep que tenemos. Necesito quién me vaya reemplazando, y tú eres ahora el miembro masculino de la familia más cercano— hablaba en francés y Cristian notó que lo tuteaba, cosa que no había hecho con anterioridad, poniendo al muchacho en la disyuntiva de cómo contestar.

— ¿Me dices que vienes de una zona rural?— prosiguió Ousmar.

— Sí, es una zona agrícola, cerealera y en menor medida ganadera.

— ¿Cuáles son los principales cultivos?

—Tradicionalmente maíz, aunque ahora ha sido parcialmente reemplazado por la soja.

— ¿Teniendo cereales y carne comen soja?

—No, en gran medida se exporta a China y otros países.

—— ¿Y tu familia se dedica a la agricultura?

Básicamente, mis padres tienen una fracción de unas 200 hectáreas, en realidad un poco menos.

—Entonces es un hombre rico.

—No, es lo que llamamos un chacarero, es decir, un granjero.

— ¿Y el resto de tu familia?

—Uno de mis hermanos trabaja en la chacra con mi padre. El otro es ingeniero agrónomo y tiene un comercio de agroquímicos y semillas. Tengo una hermana que es ama de casa.

Cristian se dio cuenta de que su suegro lo sometía a este interrogatorio por varias razones. Un de ellas era conocer el medio del que procedía su yerno, aunque imaginárselo para un tribeño africano no era fácil. Otra era saber en qué medida las experiencias rurales de Cristian le podían ser de utilidad, ya fuera en Chad o en otro ambiente si se viera forzado a partir con su familia. El peor de los temores de un suegro es que el hombre del que se enamoró su hija sea un inútil.

En un momento dado cambió súbitamente el tema.

—Creo que ya te has formado una opinión sobre la situación de este país.

—Si, en alguna medida.

— ¿Y qué opinas?

— Veo una gran fragilidad política y tensiones étnicas, en una sociedad muy pobre y en un medio ambiente que brinda escasos recursos.

Ousmar sonrió satisfecho. Era un buen resumen y no había dudas de que el muchacho había llegado a esa conclusión por sí mismo.

—Bien, recuerdas nuestra charla del otro día, particularmente la última parte.

— Sí señor.

— ¿Qué crees que estamos haciendo en este momento con estas reses?

— Ud. está transformando su capital ganadero en dinero líquido, por si hay que huir del país.

Ousmar, cuyo caballo iba un paso adelante, se dio vuelta y miró a al joven con una amplia sonrisa.

—Bien, eres astuto, como buen hijo de campesinos.

—Es que vengo de un país con no tanta violencia como África pero mucha turbulencia económica. Los argentinos somos supervivientes de crisis recurrentes.

No deja de ser un buen entrenamiento para circunstancias difíciles y cambiantes.

Caviló en silencio por un rato y luego musitó.

—Digna hija de su padre.

— ¿Perdón, qué dijo?— Cristian venía distraído.

—Khaliyha. No se equivoca al elegir un hombre.

El joven creyó entender que se trataba de un cumplido, pero prefirió no hacer comentarios.

En sus varias paradas en otras tantas aldeas, Ousmar intercambiaba los animales y otras mercancías que llevaba por productos de los tribeños locales, en una economía básicamente de trueque, con ocasionales ventas en dinero. Cada transacción era ardorosamente discutida por Ousmar con sus compradores, en discusiones que finalmente concluían en acuerdos; allí Cristian pudo ver las dotes de negociante de su suegro, que siempre lograba cerrar a venta. El dinero en efectivo logrado en un sitio jamás lo usaba para comprar, y evidentemente su propósito era volver a la aldea con sólo metálico.

Ente dos etapas Cristian hacía preguntas sobre el modelo del negocio de su suegro.

—No todo lo que vende es producción propia ¿Me equivoco?— inquirió el muchacho.

—No, mis súbditos me entregan cosas para la venta, confiando en mi habilidad.

—Una especie de consignación.

—Si tú lo dices.

—Mis preguntas apuntan a entender su negocio.

—Espero que las hagas, pues es realidad es **nuestro** negocio.

Cristian comenzó a entender las tareas que Ousmar realizaba para sus súbditos individuales y de la aldea en su conjunto, y que eran la contrapartida de la obediencia que le debían. Se preguntó si se trataba de una relación feudal o si era la naturaleza del Estado en su esencia íntima.

En el siguiente poblado Ousmar entró en un templo evangélico, mientras Cristian paseaba por los alrededores. Al encontrarse luego para almorzar, el jefe le comentó que había conseguido apoyo docente para la pequeña escuela que estaban montando en la aldea.

Los días eran agobiantes por los largos recorridos que debían realizar, guiando a las bestias, bajo el fuerte calor del fin de la temporada de las lluvias. Comenzaban el viaje muy temprano, antes de que amaneciera, hasta una hora antes del mediodía; luego hacían alto en la aldea a la que habían arribado, o en su defecto bajo las copas de algún bosquecillo, si era posible cerca de algún charco de agua y pastos para los animales. Así llegaron al último puesto que pensaban visitar en dirección sur, y emprendieron el regreso por otro camino. En todas partes Ousmar era reconocido y agasajado.

Promediando ya el viaje de retorno, Ousmar había vendido todas sus cabezas de ganado y demás mercancías, y las había transformado en efectivo, incluyendo diversas divisas. Estaba eufórico y entonaba una canción tribal mientras cabalgaba. Cristian iba a su lado semi-adormecido, ya que una de las destrezas que había adquirido era dormitar sin caerse de la silla.

El disparo espantó a los caballos, algunos de los cuales trataron de correr desbocados en cualquier dirección. Cristian se despertó súbitamente por completo desorientado y miró a su alrededor. Ousmar se agarraba el brazo izquierdo cubierto de sangre, mientras trataba de gobernar su cabalgadura. Varios disparos de los atacantes silbaron entre ellos. Yussuf, uno de los arrieros extrajo una larga carabina de su silla, mientras los otros arrieros buscaban ponerse al reparo tras un bosquecillo. Sin pensarlo, Cristian tomó las bridas del caballo de su suegro y lo condujo al galope tras del suyo, mientras Ousmar hacía malabares para mantenerse montado con su brazo herido. Pronto llegaron a unos árboles altos, detrás de los cuales se escondieron. Yusuff se hallaba desmontado detrás de otro, y Cristian vio que apuntaba con su carabina en una dirección; siguió la misma con su vista y distinguió cinco figuras a caballo que se precipitaban hacia ellos. El joven indicó a Ousmar la dirección del peligro, gesto que fue interpretado de inmediato. El jefe tribal ya tenía una pistola en su mano, y los estampidos de ella y del viejo arma de Yusuff sonaron simultáneamente. Dos de las figuras rodaron por el suelo; una de ellas se incorporó y montó detrás de uno de sus compañeros, mientras que la otra quedó tendida en el suelo. Cristian, invadido por una oleada de adrenalina desconocida para él hasta ese instante, sacó el fusil que llevaba en su caballo y efectuó tres disparos en sucesión hacia los atacantes. Otro hombre rodó por el suelo mientras su caballo huía despavorido, súbitamente librado de su carga. Los atacantes supérstites abrieron fuego sin mayores consecuencias, y ante el resultado desastroso optaron por la fuga, tres hombres en dos caballos. Uno de los arrieros, aun montado en su caballo hizo ademán de seguirlos, pero Ousmar lo disuadió de un grito.

—Mantengámonos unidos—ordenó— no sabemos si volverán con refuerzos.

En ese momento divisaron un cuerpo al pie de uno de los árboles entre las hierbas, detrás de ellos.

— ¡Oh! No— exclamó Ousmar— es Mahamat.

Desmontaron y se acercaron al camarada herido. Yusuff ya se les había anticipado y estaba arrodillado junto al caído; miró a Ousmar y giró la cabeza en gesto de negación.

—¡Nooo! Lo conozco desde que nació, conozco a su mujer y sus tres hijos— el gesto de desesperación del jefe era desgarrador, los arrieros bajaron la cabeza en silencio. Cristian tomó a su suegro del brazo en un intento de confortarlo, hasta que éste recuperó su control.

—Yusuff había extraído de sus ropas una insospechada daga, y en silencio se acercó a los cuerpos de los atacantes caídos. Cuando hundió la daga en sus pechos Cristian vio con espanto como los cuerpos, aún con vida, se convulsionaban.

Acondicionaron el cuerpo de Mahamat como pudieron sobre su cabalgadura. Yusuff hizo un vendaje de emergencia en el brazo de su jefe, que aun sangraba en profusión. Ousmar lo miró a los ojos, y el arriero musitó refiriéndose los atacantes.

—Saharianos. No se puede saber quiénes son, milicianos o sólo bandidos.

Se alejaron del sitio del combate con el alma oprimida y en completo silencio. Los cuerpos de los dos agresores caídos quedaron para ser pasto de las hienas.

Luego de dos horas de camino Ousmar se dirigió a su yerno.

Has estado valiente y decidido, sin duda me has salvado la vida.

—Luego miró a los arrieros y les dijo en voz alta.

—Todo la ganancia que he obtenido es este malhadado viaje será para la viuda de Mahamat y sus hijos.

—También la mía— agregó Yusuff, y así cada uno de los hombres que restaban.

Esa noche llegaron a la aldea. Sin duda las noticias sobre lo ocurrido los habían precedido. La aldea en pleno se hallaba en la entrada sur del pueblo. Las escenas de llanto por Mahamat partieron el corazón de Cristian, no habituado a esas circunstancias. La familia del jefe se hallaba frente a su hogar. Souady a duras penas podía contener las lágrimas, Charfadine llevaba el rostro cubierto y sólo se veían sus ojos enrojecidos, que contemplaban alternativamente a Cristian y a su padre. Yusuff ayudó a desmontar a Ousmar con una delicadeza inesperada en un hombre tan rudo.

Khaliyha llegó en ese momento y vio a los hombres que, ya a pie, se acercaban a las casas, al llegar a ella acarició la cabeza de su esposo en un gesto lleno de ternura.

—Recuerdo cuando era niña, trajeron a un tío mío a las grupas de un caballo luego de un enfrentamiento en el desierto. Fue una de las razones por las cuales me fui en su momento.

—Pero volviste.

—Volví, sí. No se puede escapar propio destino.

—Es una visión fatalista.

—El desierto genera criaturas fatalistas— ya habían entrado en su hogar y habían tomado asiento, entonces colocó la cabeza de Cristian en su hombro— descansa aquí.

Cristian no salía de su abatimiento; las escenas de violencia y derramamiento de sangre no lo abandonaban. El hecho de haber herido a un hombre que terminó muerto era una experiencia muy fuerte; se recostó y quedó en un estado de estupor por horas.

Esa noche se desató una fuerte tormenta, una de las últimas en la zona de convergencia intertropical de ese año tras la cual la temperatura bajó bruscamente. Khaliyha pasó frente al dormitorio y vio a su marido en el lecho, ya dormido por la gran fatiga de los quince días anteriores, pero presa de intensa agitación, producto indudablemente de una pesadilla. La mujer fue a amamantar a su hijo, y luego se acostó con Cristian y lo abrazó fuertemente; él se hallaba empapado en sudor, a pesar de la noche fría. Ella acarició la cabeza y comenzó a cantar en voz muy baja una vieja canción aprendida de su abuela. El joven comenzó a serenarse en el seno tierno de su esposa. Khaliyha, como toda mujer africana por generaciones, sabía que es lo que sus crías necesitaban y se los daba con ternura.

Al día siguiente se presentó Haroun en la casa. En un gesto inesperado en el adusto guerrero estrechó a Cristian en sus brazos.

—Has procedido con bravura y autonomía— y con una sonrisa un poco amarga agregó— mis lecciones de tiro no han sido en vano— y añadió guiñando un ojo— aunque de tres tiros sólo has alcanzado a uno.

—Haroun— contestó el joven— ¿Que significa lo que ocurrió?

—Que nuestras prevenciones y desvelos no han sido en vano, y que el peligro está más cerca de lo que pensamos. Esos hombres llegaron bastante más al sud de nuestra aldea, es una señal de alarma.

—Siento que se ha roto un cristal en mi vida. No sólo por la situación de riesgo, sino porque tuve que disparar a un hombre, que ahora está muerto.

—Bienvenido al África Central, Cristian. En realidad, recién acabas de llegar ahora.

CAPÍTULO 9

Al día siguiente Cristian, bastante recompuesto por el descanso, fue a visitar a su suegro para conocer la evolución de su herida. Khaliyha se había levantado más temprano y se había dirigido al mismo destino. Tan pronto entró el joven encontró a Charfadine, quien a pesar de su habitual recato se acercó a él y colocó su mano sobre el brazo del joven, aunque lo retiró de inmediato al percatarse de su gesto espontáneo. Su cara demostraba ansiedad.

—¿Cómo te encuentras? ¿Has sufrido heridas?— el tono era igualmente tenso.

Cristian sintió un súbito impulso y a su vez retuvo la mano de la muchacha entre las suyas, fuertemente apretada. Tragó saliva, intentó controlar sus emociones y contestó en voz no muy firme.

—No te preocupes Charfadine. Estoy bien.

—Ha sido para ti una experiencia horrible— afirmó ella.

— Si, pero he podido salir indemne— ambos se miraron por primera vez a los ojos sin apartarlos. El sentimiento de culpa de Cristian era intenso, pero no conseguía vencer su impulso. Luego de unos intensos momentos soltó la mano de la mujer y dijo torpemente.

— He venido a ver a tu padre. Sé que Khaliyha ya ha llegado.

Charfadine también recompuso su actitud y contestó.

—Sí, no te retengo más. Pasa.

Ambos jóvenes habían quedado completamente confundidos por la mala pasada que los sentimientos les habían jugado, por un lado la mala consciencia por estar obrando bajo el imperio de pulsiones que eran incorrectas e injustas para con Khaliyha, pero por otro con una cierta alegría de saber que los sentimientos eran compartidos. Decididamente lo que había ocurrido en ese momento no lo podían ni lo querían borrar.

El médico se había retirado unos minutos antes y Ousmar se encontraba sentado en su cama, acompañado por Souady y Khaliyha.

Trataba de mostrarse jovial, a pesar de que el dolor de la herida era intenso.

—¿Cómo estás Cristian? ¿Cómo has reaccionado a tu bautismo de fuego?

—Bien, la experiencia ha sido fuerte, pero ya va quedando en el pasado.

—De acuerdo con nuestras creencias, el haber derramado sangre enemiga te incorpora definitivamente a nuestro pueblo. En lo personal tengo que agradecerte el haberme salvado la vida.

—No creo que sea para tanto.

—¿Cómo no? Me has sacado de la línea de fuego. De haber permanecido donde estaba seguramente no me habría salvado. Lo más importante ha sido tu reacción instantánea, justo la que hacía falta. Me alegro que mi nieto tenga tu sangre.

Ousmar reiteró enfáticamente su agradecimiento frente al pleno de la familia, para que todos estuvieran conscientes del rol de su yerno en el combate. Khaliyha, que interpretaba bien las palabras de su padre en sus dimensiones personal y política, no pudo evitar un gesto de orgullo; después de todo, era ella quién había llevado a este extranjero pálido y flaco al clan.

La conversación prosiguió sobre el significado para la aldea de lo ocurrido. Ousmar estaba más preocupado por eso que por su herida. Su reflexión fue la misma que había anticipado Haroun la noche anterior.

—Nunca se habían atrevido tan al sur. No cabe duda de que no tienen reparos y su audacia ha crecido— hizo una pausa y agregó en tono amargo— Me temo que la pregunta no es si vamos a un conflicto con ellos, sino cuando.

Los presentes escucharon la frase premonitoria en silencio, conscientes de lo que representaba en sus vidas. Ousmar agitó su cabeza como para espantar pensamientos molestos y añadió.

—Ya he citado a una reunión del consejo tribal para pasado mañana. Tú vendrás—le dijo a Cristian, y completó la reflexión— quiero escuchar la opinión de los ancianos y de los guerreros.

Esta vez Cristian llegó entre los primeros pues acompañó a su suegro que aún se hallaba débil. Los miembros del consejo fueron llegando, algunos de ellos desde aldeas remotas, pues la gravedad del tema lo justificaba.

Cuando hubieron llegado todos, el más anciano de los miembros hizo conocer su deseo de ser él quien abriera la reunión, a lo que todos accedieron.

—Quiero en nombre de todos los aquí presentes expresar nuestra alegría por el hecho de que los espíritus que gobiernan los destinos de nuestra comunidad hayan protegido a nuestro amado líder de los malvados designios de nuestros enemigos.

Dicho esto se levantó con dificultad, se acercó al fuego en torno al cual todos los presentes estaban congregados, extrajo un puñado de polvos de un bolsillo de su túnica y lo echó a las llamas, que chisporrotearon iluminando vivamente la reunión. Una emoción embargó a todos los silenciosos asistentes ante el símbolo cargado de significados compartidos.

—Es el chamán de nuestra tribu— susurró Haroun en el oído de Cristian. Como era habitual, traducía los dichos y los hechos de la reunión al recién llegado. El chamán regresó a su puesto en la ronda pero no se sentó. En un gesto amplio punto a Cristian.

— También deseo decir que no nos equivocamos cuando hace un tiempo breve decidimos incorporar a nuestro clan a un joven extranjero a quien no conocíamos. Hoy tenemos razones para celebrar haberlo hecho.

Un murmullo de aprobación reflejó el consenso de los asistentes. Cristian, como era habitual en él se sonrojó, mientras un Haroun sonriente apoyaba su mano en su hombro.

En el plenario se tomaron decisiones importantes. Una delegación iría a Yamena a conversar con un militar francés amigo y explicarlo las nuevas derivaciones, y urgirlo a enviar armamento y en lo posible tropas, aunque no había demasiadas expectativas sobre lo último. Todos aquellos enfermos, niños pequeños o mayores que tuvieran parientes en aldeas en el sur de Chad serían evacuados hacia ellas organizadamente, ya que en un posible éxodo súbito y forzado demorarían al resto. En el perímetro de la aldea se construirían barricadas de modo de dificultar o retrasar el ingreso de contingentes hostiles a caballo o en camiones, y por último, en determinados cañones y gargantas que conducían desde el norte se organizarían emboscadas. Nadie sabía si todo esto podía salvar al pueblo, pero con certeza costarían grandes bajas a los potenciales agresores y daría tiempo a evacuar.

Una semana transcurrió sin alternativas notables, una mañana Haroun vino a buscar a Cristian con dos caballos, indicio de una travesía corta. No hizo comentarios hasta que se hallaron en camino.

—Vamos a actuar como comité de recepción— dijo.

—¿En qué sentido?—preguntó Cristian un tanto asustado por la emboscada que se habían previsto.

—No te preocupes— replicó Haroun riendo— se trata verdaderamente de recibir amigos.

Permanecieron en un terreno alto que les permitía una amplia visión, particularmente hacia el norte. Al cabo de tres horas pudieron divisar unas columnas de polvo en el horizonte engañoso.

—¿Son reales, o es un espejismo?— interrogó el joven.

— No, estas son reales. Supongo que son quienes esperamos. Por las dudas apresta tu fusil.

Al acercarse las manchas en el desierto divisaron dos camiones grandes, precedido y seguido por sendos *jeeps*. No llevaban banderas ni distintivos que permitieran saber quiénes eran. No obstante Haroun aseguró.

—Son ellos. Acerquémonos.

Al aproximarse los dos jinetes, el artillero que manejaba una ametralladora pesada en el jeep que encabezaba el convoy les apuntó, pero un oficial blanco que viajaba en el asiento delantero hizo un gesto.

—*Bienvenue, capitaine Romand.*— saludó aún a la distancia Haroun.

—*Haroun, mon ami*—respondió el aludido.

Los dos jinetes se apearon y esperaron a que los vehículos se aproximaran. El Capitán Romand saltó del jeep y se confundió en un abrazo con Haroun. Éste le presentó a Cristian, quien sin embrago permaneció a la distancia, mientras los dos amigos conversaban. Luego todos reanudaron su marcha hacia la aldea.

—¿Pero son realmente franceses?— preguntó Cristian— La mayoría de ellos tienen la piel negra.

—Son legionarios.

—¿De la Legión Extranjera?— las leyendas románticas y heroicas invadieron la mente del joven.

— Si, pero no vienen del fuerte Zinderneuf (1)— replicó jocosamente Haroun, dándose cuenta de las fantasías que atravesaban la cabeza de su compañero—Nos traen armas automáticas, municiones, y equipos de comunicaciones. Todo equipo ex soviético, para disipar acusaciones.

—¿Los famosos AK—47?

—En efecto.

—No se pueden quejar.

—No sabemos que pueden traer los que nos ataquen, pero no se esperarán la recepción.

(1) Se refiere al fuerte de la Legión Extranjera donde transcurre la novela *Beau Geste*, de P.C.Wren

A la noche Khaliyha esperaba a su marido en el modo que él conocía de sobra. Ambos habían estado sin contacto físico con motivo de la excursión comercial de Cristian con Ousmar, y la conmoción posterior creada por los eventos dramáticos acaecidos. Ambos habían pues acumulado una dosis de necesidades sexuales insatisfechas desusada en su relación que debía ser puesta al día de inmediato. La mujer lo arrojó de un empellón sobre un amplio sofá y se sentó sobre sus rodillas con las piernas recogidas hacia un costado. Acarició su cara y cabeza como era su costumbre, y lo besó en a boca. El deslizó una mano entre los pliegues del vestido que ella usaba y acarició largamente las rodillas, y finalmente los muslos; se detuvo en la cara interna de estos, lo que era un detonante seguro de excitación de ambos. Recogió el vestido hacia arriba, dejando las piernas exquisitamente formadas al descubierto; se inclinó y besó los carnosos muslos hasta llegar a la entrepierna. Ella comenzó a gemir. El lamió la cara superior de los muslos, mientras ella besaba su nuca y su cuello. La excitación había llegado al punto en que requería un alivio inmediato. Cristian levantó a su mujer en sus brazos y la condujo a la cama, mientras ella iba abriéndole la camisa. Sin terminar de quitarse los pantalones ni ropa interior penetró en su interior tibio y húmedo. Ambos amantes se unieron un ritmo frenético salpicado de gemidos de Khaliyha, hasta que ambos llegaron a un clímax doloroso por lo violento. Cristian quedó tendido sobre su mujer hasta que consiguieron restablecer la respiración normal.

—Nunca me dejes tanto tiempo— susurró ella.

—No si puedo evitarlo, te lo prometo.

Se habían quedado dormidos abrazados. Cristian se despertó primero, y quedó en el lecho aún entreverado con su mujer. Un pensamiento lo asaltaba desde hacia tiempo, y aunque deseaba apartarlo de su mente no lo conseguía. Se sabía totalmente realizado en su relación con Khaliyha; la amaba y no podía concebir su vida sin ella. La mujer cubría todas las aspiraciones sentimentales, intelectuales, morales y sexuales que un hombre exigente podía tener, y ahora estaban adicionalmente unidos por su hijo. Era plenamente feliz en su matrimonio, y sin embargo..., y sin embargo... estaba Charfadine.

La infatuación que sentía por la joven era un sentimiento que le resultaba desconocido, a pesar que en su vida anterior a Khaliyha había tenido muchas relaciones femeninas. Sabía que Charfadine sería una herida abierta que no cerraría. Injustamente se quejó del destino que lo exponía a estos sentimientos cruzados. ¿Qué se había hecho de aquel muchacho insensato que era llevado como hoja en el viento por relaciones insustanciales con mujeres que luego de un tiempo se cansaban de mantenerlo y desaparecían de su vida? El amor había llegado a su vida con una dosis de dolor.

Cristian se levantó con precaución para no despertar a su esposa; había quedado en reunirse con Haroun, quien le había anticipado que tenía algunas noticias luego de su reunión con los legionarios.

—Por el momento Francia no puede ocuparse de nosotros, al menos no con envío de tropas, por razones políticas internas. La situación económica francesa no mejora, y los electores no aceptan gastos en el exterior, cualquiera sea la causa, y mucho menos guerras que puedan originar bajas.

—¿Entonces?

—Entonces deberemos protegernos a nosotros mismos. El problemas es que los musulmanes reciben apoyo en hombres y armamento de Al Qaeda, y recursos financieros de los estados del Golfo.

—¿Los franceses trajeron al menos las armas prometidas?

—Sí, aunque retaceadas; menos de lo prometido en cantidad y calidad. Armas automáticas tenemos ahora suficientes, pero nos trajeron pocos misiles.

— Aunque tengo un cuarto de sangre francesa, nunca confié en ellos.

—Sin embargo, en el pasado nos sacaron las castañas del fuego varias veces. No estaríamos aquí sin ellos. Son nuestro garante de última instancia. Ahora mismo están enredados en la nuestra vecina República Centroafricana, donde cristianos y musulmanes se están masacrando.

—¿Cristianos?

—Sí, son mayoría en el país; muchos de ellos son animistas conversos por los misioneros. Los franceses están terciando entre las fracciones y no pueden salirse como demandan los políticos.

Hizo unos instantes de silencio.

—El propósito de nuestra reunión hoy es mostrarte el uso de las AK—47.

Khaliyha se despertó por el llanto de Hubert. Lo cambió y la amamantó, tras de lo cual el bebé quedó adormecido. Tras ello la mujer se duchó pues se sentía transpirada por los ejercicios sexuales. Luego almorzó livianamente y se sentó en el sofá de la sala.

Los pensamientos vinieron a su mente en tropel, y no pudo evitar tampoco ella la introspección. Su memoria retrocedió a su vida antes de conocer a Cristian, y al evocarla, la juzgó vacía y falta de todo propósito. En realidad, la dedicación a la causa de los chadianos exiliados era prácticamente todo lo que había tenido. Varias experiencias con hombres habían sido frustrantes y efímeras. Rememoró cuando vio a Cristian por primera vez. Un impulso súbito surgió de su interior que la impulsaba a hacer suyo a ese hombre y había procedido en consecuencia en el hotel lleno de pasajeros sarcásticos. De allí en más la relación se había profundizado velozmente en una forma que superó sus mejores expectativas. Cristian y el advenimiento de su hijo habían transformado su vida por completo y la habían llenado de sentido. Quedaba un punto del cual había tomado conciencia crecientemente y que aún la desconcertaba y lucía amenazante... pero ya vería como lo encaraba, no era Khaliyha quién perdiera lo obtenido.

CAPÍTULO 10

Ousmar acababa de inaugurar un pequeño puesto sanitario en el extremo sur de la aldea. Estaría atendido por un médico nigeriano que vendría al pueblo dos veces por semana, un paramédico chadiano permanente, y dos monjas camerunesas. Los franceses habían traído algún equipamiento médico y medicamentos junto con las armas, y prometieron incorporar más instrumental en el futuro.

—Mi padre tiene una mentalidad modernizante— dijo Khaliyha a su marido— y escucha mis consejos en materia social. Sus prioridades actuales, además de la defensa, claro, son la salud y la educación. Si hubiera más estabilidad en la zona podríamos interesar a Médicos sin Frontera. Nuestra etnia fue la primera de Chad que prohibió de hecho la mutilación genital de las jovencitas.

—Hace falta cambiar la agenda e incorporar los temas que en el mundo se consideran importantes, y reemplazar las supercherías basadas en creencias primitivas— respondió Cristian.

Ella analizó la reflexión de su esposo, hizo un mohín con su cabeza y respondió con fingida ira.

—Debieras tener un poco más de respeto por las creencias primitivas de mi pueblo, que yo comparto en parte. Nos han permitido sobrevivir siglos en los que ningún jovencito argentino sabelotodo se preocupaba por nosotros, incluso en épocas en que ni siquiera había argentinos.

Cristian la tomó por la cintura y ella abrazó su cuello; cuando el hombre le colocó una mano sobre las nalgas exhaló un aullido.

—Sí, ya conozco tu costado primitivo, y agradezco que ni París ni Nueva York te lo hayan quitado.

En ese momento llegó una criada con Hubert en brazos, anunciando que era menester cambiarlo, tarea que Khaliyha prefería hace personalmente.

Cristian se dirigió a la cabaña alejada del centro de la aldea que había sido transformada en arsenal y polvorín. Dos guardias armados, la custodiaban. Lo reconocieron y lo dejaron entrar. Adentro se hallaba Haroun.

—¡Toda una novedad!—exclamó jocosamente Cristian— guardias armados en la aldea.

— Ya nada volverá a ser como era— respondió Haroun en tono sombrío— al menos por un largo tiempo.

— Habíamos combinado que haríamos práctica de tiro con las AK—47.

—He invertido un poco el orden. Hoy prefiero que juntos aprendamos el uso de los equipos de comunicación que nos han traído. Casi te diría que les asigno más importancia que a las armas.

Habían sido invitados a una fiesta en la casa de Ousmar Djalali, organizada con un pretexto cualquiera pero en realidad en calidad de agasajo al Capitán Romand, quién era un aliado estratégico de la tribu. Khaliyha hacía las veces de anfitriona junto con su padre, por su excelente francés, mientras que Souady atendía a los demás invitados, unas treinta personas integrantes de los estamentos directivos de la aldea y algunos oficiales de la Legión.

Cristian había saludado al militar en su francés rudimentario, y prácticamente a cada uno de los invitados, quienes se le acercaban brevemente. Luego se sentó a observar la fiesta. Contempló a su mujer, quien lucía su espléndida y espigada silueta en un vestido que le resultaba completamente desconocido. La gracia y finura de movimientos produjo en el muchacho una incontenible sensación de orgullo. Al cabo de un rato en soledad vio que Souady venía en su dirección. Se levantó cuando ella se acercó y luego se sentaron juntos a conversar. La dama le contaba vida y milagros de cada uno de los asistentes, a quienes conocía acabadamente. Cristian estaba mirando a Romand por algún comentario hecho por su suegra y notó que el francés desviaba su vista en dirección a una puerta interna, con un gesto de admiración. Siguiendo la dirección de la vista del militar Cristian vio que había aparecido Charfadine envuelta en un vestido de color azul, sin duda su predilecto, ceñido a la cintura de forma que insinuaba su figura. La imagen resultó tan impactante que el joven mantuvo su mirada por varios segundos mientras Souady le seguía hablando. Haciendo un esfuerzo giró sus ojos hacia su suegra y contestó alguna nimiedad a lo que ella le decía.

Souady cambió el eje de su conversación y también miró a su hija menor.

—¿No es hermosa?

Tomado de sorpresa, el joven asintió ligeramente ruborizado.

—Cuando nació Charfadine, Khaliyha tenía quince años. Mi esposo y yo ya desesperábamos de la posibilidad de tener más hijos. Debo agradecer a Ousmar que no haya tomado más esposas entonces. El nacimiento de Charfadine fue un regalo de los dioses— sus ojos lucían brillantes al rememorar su juventud— Igual que habíamos hecho con Khaliyha, luego de completar la escuela primaria en Yamena, la enviamos a Francia para sus estudios secundarios, en una escuela de élite; por eso ha recibido una educación maravillosa que se nota a cada momento. Luego aceptó regresar aquí, con su familia y su pueblo, pero creo que no es el medio en el que pueda florecer— se interrumpió— ¡Oh! Allí viene Ousmar— entonces se incorporó y se dirigió hacia su marido, dejando a Cristian pensativo y un poco perplejo.

Por un lado, agradecía la información sobre Charfadine y en general sobre su familia política que Souady le había proporcionado, ya que Khaliyha nunca había hecho muchas referencias a su pasado familiar. Por otro lado, se preguntaba la razón por la cual su suegra, con quien no había tenido muchas charlas antes, había buscado ostensiblemente la ocasión de acercarse a él en la fiesta y hacerle esas confidencias tan íntimas. Dada la conflictiva situación sentimental en que se hallaba Cristian, la charla no le resultaba indiferente; se preguntaba si había sido simplemente una conversación al pasar o si por el contrario había un mensaje implícito para él, y en ese caso, cual era ese mensaje.

Dado que Khaliyha seguía ocupada en sus actividades protocolares, salió al porche y caminó unos pasos tratando de aclarar sus ideas. Al darse vuelta vio a Charfadine salir de la casa y seguir sus pasos en forma distraída. La muchacha le sonrió, y él dio rienda libre a sus sentimientos.

—Hola Charfadine. Te ves hermosa hoy.

La sonrisa de la mujer se tornó coqueta.

—¿Sólo hoy? ¿Será por el atuendo?

— Nnno— carraspeó él, y añadió en un suspiro— eres una mujer bellísima. Pocas veces he visto....— un nudo en la garganta le impedía seguir. Contempló el rostro de corte perfecto, de enormes ojos negros, la nariz recta y los labios carnosos pintados de azul. Exhaló un suspiro.

—Mi padre desearía que te unieras a los hombres en una reunión con *le Capitaine Romand* – respondió la joven— Es en la carpa que ya conoces.

¡De modo que sólo era portadora de un mensaje de su padre! Aunque solucionó una situación que se podía tornar complicada, la comprobación resultó decepcionante para Cristian.

Cuando llegó la reunión ya había comenzado. Se situó, como era su costumbre, al lado de Haroun. Romand estaba hablando.

—... como ya expliqué a algunos de Uds., Francia no puede enviar un contingente adicional al Chad. Ya tenemos unos mil hombres, que se están movilizando todo el tiempo en este enorme país. En la República Centroafricana la situación es desesperada, los *antibalaka* y los rebeldes musulmanes se están degollando por las calles y nuestras tropas están participando activamente para separar a los contendientes. En mi país la situación económica se está deteriorando, el Presidente ha perdido respaldo popular y es débil, y no hay forma de justificar mayores gastos en Ultramar.

Hizo una pausa para tomar respiro y dejar que sus palabras surtieran efecto. Prosiguió.

—Esto no significa sin embargo que vamos a dejarlos librados a su suerte. Hemos dejado una buena dotación de armas modernas, como las que pueden tener sus eventuales agresores o mejores, pues todas provienen de los antiguos arsenales de la ex URSS. El equipo médico lo vamos a reforzar, y los aparatos de comunicación son avanzados. Vamos a mantener contacto permanente por radio con Uds. desde Yamena y mantener informados a nuestros superiores en París en forma constante. No se permitirá un nuevo Darfur. ¡El mundo no lo admitirá! Por último, y aunque Uds. no necesitan consejos políticos, sí puedo darles nuestra opinión. Conviene que su clan refuerce sus vínculos con el resto de la etnia Sara, qué son de su misma sangre y tienen los mismos enemigos.

Esta última frase produjo un rumor entre los asistentes, en general de desaprobación. Ousmar se anticipó a cualquier manifestación adversa tomando la palabra.

—Como de costumbre, agradecemos a nuestro *le Capitaine Romand* la valiosa ayuda material otorgada y sus consejos. Valorizamos la perspectiva de mantenernos en contacto con nuestros aliados franceses, sobre todo si la situación se deteriorara aún más.

El francés pidió una vez más la palabra y expresó.

—Esta etnia es un modelo en todo Chad por su preocupación por la gente, su mentalidad progresista y la participación de sus miembros. ¡No dejaremos que esta luz se apague!

La reunión concluyó, Ousmar y Haroun acompañaron al francés, quien debía montar en su *jeep* y regresar a su distante base, mientras el resto de los congregados se dispersaba discutiendo vivamente el mensaje recibido.

Un poco más tarde Cristian se reencontró con Haroun, quien le preguntó.

—¿Qué te pareció el discurso de Romand?

—Hipócrita. Ya sabes lo que pienso de los franceses; declaman bellos principios pero los niegan con sus actos.

—Tu inexperiencia te hace ser injusto. Un gobierno debe priorizar sus acciones y administrar sus recursos físicos, financieros y psíquicos, siempre escasos.

—¿Qué recursos psíquicos?

—El estado de la opinión pública, esencial en las democracias pero siempre volátil y exitista.

— Bien, veo que te conformas.

— Como ya te dije, en caso extremo los tendremos aquí. Nuestros abogados en París, Washington y Nueva York saldrán a la luz.

Cristian asintió con un mohín. Le constaba la acción de Khaliyha y la propia en Nueva York a favor de los refugiados del país.

—No me gustó mucho sin embargo su recomendación de unirnos al resto de los Sara— completó Haroun su balance de la reunión.

—A mi fue la parte que me sonó más razonable ¿Por qué no te gustó?

— Porque llevarla a cabo implicaría subordinarnos a alguna de los grandes clanes de la etnia Sara: los Mbaye, los Goulaye, los Kaba, los Ngana.

— O sea por auto preservación del rol de los dirigentes de nuestro clan.

— ¡Entre los cuales estás tú! Y me alegro que hables de **nuestro** clan.

— Es definitivamente también mi clan. Con mi hijo ya incluye también mi sangre.

Haroun palmeó festivamente la espalda de su amigo. Su afirmación tenía el sabor de un éxito también personal.

En casa ya se hallaba una Khaliyha radiante; su participación en toda la fiesta había sido deslumbrante, sus padres estaban orgullosos de ella y pocos dudaban que Ousmar se recostaba en su hija mayor para el gobierno de la aldea.

La mujer le pidió a Cristian que le relatara lo ocurrido en la reunión en la tienda. Éste lo hizo con todo el detalle posible, y ella lo interrumpía cada tanto para pedirle aclaración sobre algún punto, en particular las expresiones vertidas en el cónclave.

—¡Hummm!— dijo enigmáticamente al final— creo que algo de esto va a traer consecuencias.

— ¿A qué te refieres?

— A los vínculos con el resto de los Sara.

— Otra prejuiciosa. Hablas como Haroun.

— Lo que tú no tienes cuenta es que los lazos étnicos no son sólo políticos. Tienen implicancias personales.

Esa tarde Khaliyha fue con Hubert a casa de sus padres, para reunirse a solas con Ousmar y Souady; regresó recién a la noche cerrada, apenas a tiempo para cenar con su esposo. No hizo mayores comentarios pretextando cansancio.

Un mes más tarde, Cristian estaba jugando con su hijo, que ya deba indicios de comenzar a gatear, cuando entró Souady bastante alterada. Khaliyha, que estaba en la cocina, se asomó al oír el tono nervioso de su madre.

—Respira profundo— le dijo, y una vez logrado su objetivo— ¿Qué es lo que ocurre?

— Están entrando refugiados desde el norte. Los milicianos musulmanes han arrasado varias aldeas; hay muchos heridos entre los que vienen.

Khaliyha y Cristian encargaron a Souady quedarse a cuidar al niño y fueron al extremo norte de la aldea para conocer las noticias de primera mano.

Hombres, mujeres y niños se habían ubicado a los bordes del camino, y más seguían llegando a caballo, algunos viejos automóviles y a pie: Los más afortunados traían consigo posesiones y algunas cabras, el resto, sólo lo puesto. Cristian vio a lo lejos a Haroun con un grupo de sus hombres, tratando de ayudar a los que arribaban. Haroun lo llamó con un gesto y el joven fue al trote donde se hallaba su amigo.

Khaliyha se unió a un grupo de mujeres que distribuía agua entre los refugiados, de momento la primera necesidad después de jornadas deshidratantes por el Sahel. El personal de la sala de primeros auxilios ya estaba encargándose de los que llegaban heridos, pero la capacidad del recinto estaba ya colmada.

La mujer, mientras distribuía el agua y algunos alimentos, oía las narraciones de asesinatos, violaciones, incendios y horror de los desplazados. Vio a su padre demudado organizando la ayuda con los escasos recursos de la aldea. Una honda emoción, entre desesperación y orgullo, anidó en el pecho de la mujer. Se dirigió hacia Ousmar, quien al verla, sólo atinó a decirle.

—La pagarán. No se la llevarán de arriba.

—Debes comunicarte con Romand y hacerle saber lo ocurrido.

En momentos de una gran conmoción, Ousmar agradeció tener a su hija mayor junto a él. Capaz de mantener la cabeza fría en los momentos más angustiantes, Khaliyha era exactamente le reserva psíquica que el líder necesitaba. La abrazó fuertemente y unas lágrimas aparecieron en los ojos del viejo guerrero.

—No puedes aflojar ahora— dijo ella— todos dependen de tus órdenes y ejemplo.

Al día siguiente dos helicópteros descendieron en la llanura desértica al norte de la aldea. Sus insignias estaban cubiertas y sólo se veía el fuselaje camuflado. Los soldados que descendieron de él tampoco tenían identificación. Ousmar llevó a un teniente africano al campamento de refugiados que se había levantado en condiciones lastimosas.

—¿Cuanto gente han contabilizado?— preguntó el oficial, visiblemente conmocionado.

—Mil trescientos veintiocho— respondió Haroun, ante una mirada inquisitiva de Ousmar.

—¿Heridos?

—Ciento cincuenta, de ellos veintiséis graves.

—Relativamente pocos.

—No sabemos cuántos han quedado en el desierto.

— Bien, por ahora les hemos traído diez paramédicos y equipos médicos, algunas armas pesadas adicionales, y dos toneladas de arroz. En tres días volveremos.

—¿Qué les dirá a sus superiores?

— Les llevaré una imagen precisa de lo que está ocurriendo. De hecho estamos filmando el campamento, y necesitamos todos los datos duros que tengan sobre la situación.

— Entre los refugiados han arribado unos doscientos hombres aptos— agregó Haroun— Vamos a incorporarlos a nuestra milicia. Necesitamos armarlos.

—Lo tendré en cuenta.

Khaliyha contemplaba la escena desde lejos. Sabía que días cruciales se aproximaban y que necesitaba trazar planes para su pueblo y para su familia.

CAPÍTULO 11

Cristian observaba a la fila de nuevos reclutas mientras esperaba el momento de su entrada en acción. Dado que la mayoría de ellos hablaba sólo árabe o dialectos chadianos, el joven tendría a su cargo la revista de los uniformes, el control de las armas y las prácticas de tiro, donde podría entenderse con señas.

La mayoría de los refugiados seleccionados eran muy jóvenes, siguiendo una vieja y triste tradición africana de los soldados—niños. Pocos tenían entrenamiento militar, ya que habían sido pastores de cabras, pero eran magníficos jinetes y sabían guiar un camello mejor que Cristian. Un detalle que lo impresionó era la mirada ausente, perdida, posiblemente aún bajo el peso de las penurias vividas, algo así como el shock post—traumático de ciertos heridos de guerra. No le costó mucho adivinar la carga de odio que anidaría bajo ese velo de estupor. Si iba a haber combate, sería a matar o morir.

Cuando Haroun lo liberó de sus tareas, regreso a su casa, encontrando que Khaliyha había salido, dejando el niño a cargo de Haiwanda, una de las empleadas domésticas. La muchacha le informó que la señora había salido unas dos horas antes, y que había ido a casa de sus padres. No era usual que su mujer dejara al niño sólo con las criadas por períodos que no fueran breves, de modo que barruntó que algo espeso se estaría cociendo en el hogar de Djalali.

Khaliyha regresó aún una hora más tarde, y cuando su marido le interrogó sobre el propósito de la reunión contestó con evasivas, pretextando dolor de cabeza, una excusa todoterreno de las mujeres para eludir temas o acciones. Cristian decidió no insistir, sabiendo que en definitiva se enteraría de lo ocurrido por un canal u otro.

Esa noche, mientras cenaban, Khaliyha decidió espontáneamente compartir algo de lo hablado; sin embargo, Cristian se percató que había algo que le molestaba.

—Ha venido un emisario de un jefe tribal del clan Mbaye, con ciertas propuestas y condiciones para dar su apoyo en caso de un ataque— a continuación permaneció en silencio.

—¿Y bien?—preguntó Cristian.

—Y bien, nada. Mi padre evaluará las condiciones.

—¿Y tú has dado alguna opinión?

—No, no, nada en particular.

En vista de que no le sacaría nada más, cesó en sus preguntas. Como percibió que su esposa entraba en su fase felina se dispuso para aprovecharla; al menos sacudiría de la mente de ambos los malos tragos del día.

Al día siguiente, al encontrar a Haroun, le interrogó en forma un tanto abrupta sobre lo ocurrido en el encuentro con el clan Mbaye.

—Al no haber estado presente no tengo una versión firme, solamente algunos trascendidos de pasillo. El delegado del jefe Sougui ha planteado condiciones para apoyarnos con hombres de su clan en caso de una agresión.

Lo miró, rebuscando en su cabeza como seguir.

—Entre las condiciones parece que figuran el nombramiento de uno de sus delegados supervisando nuestras reuniones del consejo tribal, la subordinación de todas nuestras tropas a un capitán enviado por él, y la entrega de veinte vírgenes para desposarse con su hijo y los de sus lugartenientes, incluyendo...

—¿Incluyendo a quién?—preguntó Cristian ansioso.

Era evidente que Haroun hubiera preferido eludir la respuesta.

—Bueno... son sólo versiones.

—¿Incluyendo a quién?— insistió el joven.

—Y bien— Haroun suspiró— Incluyendo a Charfadine. Su belleza no podía pasar desapercibida.

Cristian fue invadido por una oleada de emociones que se trasuntaron en su rostro, que había quedado lívido. Haroun no dejó de percatarse de ello ni de interpretarlo.

—¿Ya sabes qué respuesta les ha dado Ousmar?

—Creo que sólo evasivas.

Cristian trataba de serenarse y poner en orden sus ideas. Finalmente le preguntó.

—¿Qué crees que va a pasar con esas demandas?

—Por un lado los Mbaye son poderosos y tienen una milicia numerosa y bien armada, aunque tengo mis dudas sobre la prontitud de su reacción en caso de un ataque, dada la distancia a que se hallan de la aldea. Tampoco estoy seguro de con cuánta garra combatirían por nosotros. Por otro lado, el jefe Sougui es orgulloso y no sé como tomaría una negativa por parte de Ousmar. Es una situación difícil dadas las implicancias.

—¿A qué implicancias te refieres?

— La pérdida de poder de nuestro consejo, de Ousmar, la falta de control sobre nuestros propios guerreros...y la situación de Charfadine y las otras jóvenes.

Haroun se percató del estado de turbación que las noticias habían provocado en Cristian, e hizo todo lo posible para calmarlo. Decidió no proseguir con el disimulo, ya que tenía suficiente confianza y ascendiente sobre Cristian.

—No te preocupes por Charfadine. El caso está en manos de Ousmar, que es a la vez el padre y un verdadero negociador. Él sabrá cómo solucionar esta encerrona del destino. Ten confianza en nuestro líder.

Estaban arribando al sitio donde los esperaban los reclutas para proseguir con el entrenamiento.

—Hazte cargo del control de los fusiles—le ordenó.

Cristian regresó a su casa cabizbajo. No podía sobreponerse a la idea de que Charfadine fuera entregada a otro hombre, cuando conocía perfectamente los sentimientos de la joven por él. Al mismo tiempo, sus propios sentimientos quedaron al descubierto, liberados de la represión consciente moral por el shock de la noticia. No podía aceptar que una cuestión de amor quedara sometida a razones de estado.

Khaliyha lo vio llegar y no intentó hablarle; demasiado bien conocía lo que estaba ocurriendo a su esposo.

Uno de los vigías fue el primero es distinguirlos. A lo lejos casi en el horizonte desértico, unas nubes de polvo se acercaban.

Cristian miró a Haroun y se serenó al ver la actitud de su amigo.

—Son demasiado pocos para ser un peligro— dijo este como adivinando los pensamientos del joven.

En efecto, una media hora más tarde llegaban hasta ellos cinco de los miembros de la milicia, al mando de un joven lugarteniente llamado Abakar. Llevaban consigo a otro hombre a las grupas de un sexto caballo, herido y maniatado.

—Tuvimos un fuerte choque con una partida de unos quince tribeños Goran, finalmente pudimos rechazarlos, perdimos cinco hombres y ellos cuatro, y quedó este perro malherido.

—Bien, llévalo ante Ousmar. Él sabrá que hacer, necesitamos toda la información que puedan sacarle. Yo ya les envío refuerzos por si los Goran vuelven a atacar.

Abakar y cuatro de los suyos siguieron viaje y Haroun ordenó a diez de sus hombres acompañar al quinto jinete a la frontera en el desierto.

—¿Cómo van interrogar al herido?— preguntó Cristian, presintiendo la respuesta.

—No quieres saberlo— fue la lacónica contestación.

Al regresar a su casa, Cristian encontró a Khaliyha amamantando a su hijo. Con sólo cruzar dos palabras con ella percibió que había un cambio en la actitud de ella, menos contracturada, más tranquila. El joven era muy sensible a los estados de ánimo de su mujer y se había dado cuenta de que últimamente estaba bajo una fuerte tensión, lo cual agudizaba su propio malestar. Decidió no preguntar sobre algo tan subjetivo como esa impresión, y dejar que el tiempo lo aclarara.

Cuando terminó de alimentar a Hubert, Khaliyha se acercó a su marido y lo besó en la mejilla. Ella sabía cuánto él estaba pendiente de sus señales de cariño.

—¡Ah!— le dijo como al pasar— mañana mi padre ha convocado una reunión familiar. Todos asistiremos.

—¿Estoy invitado?

—Por supuesto; tú ya conoces tu posición en la familia.

Cristian divisó unas aves de carroña revoloteando unos trescientos metros del sitio donde se hallaba. Con alguna frecuencia se encontraban carcasas de camellos, caballos o cabras en el desierto, de modo que ya sabía con qué tipo de espectáculo se iba a encontrar. De todas maneras sintió que debía ir a investigar, de modo que delegó el mando en Abakar y dirigió el caballo hacia el lugar.

El llegar cerca sintió que el estómago se le revolvía al percatarse de que los restos eran humanos. Venciendo su asco se aproximó y vio con horror que se trataba de un cuerpo completamente desfigurado y cubierto de sangre, cuyas manos habían sido cortadas y su pecho abierto en canal. El vómito finalmente llegó y estuvo doblado en dos por unos instantes. Inmediatamente reconoció por las ropas de quien se trataba. Era el prisionero que habían tomado el día anterior Abakar y los suyos, y que habían entregado en la aldea. No le extrañó porque ya había anticipado las reacciones, particularmente de los refugiados que habían llegado quince días atrás. Las luchas en el desierto tenían una carga de ferocidad para la cual Cristian no se hallaba preparado.

Regresó al lugar donde se encontraba su destacamento y ordenó a Abakar que enterrasen al cuerpo. El lugarteniente argumentó que había sido dejado allí, a la vista, para servir como escarmiento a los posibles agresores, pero Cristian no transigió y reiteró su orden terminante de enterrar los restos.

Lo que más molestaba al joven era la consciencia de que el ajusticiamiento bárbaro no podría haber ocurrido sin participación de Ousmar. Sabía igualmente que toda queja que formulara a Ousmar,

Haroun o aún a Khaliyha estaba condenada al fracaso. La única opción era callar, y saber que el silencio lo convertía en cómplice.

A la mañana siguiente Cristian y Khaliyha se dirigieron a casa de los Djalali. La mujer había dejado a Hubert con la doncella, y su marido había solicitado a Haroun que lo reemplazara en el destacamento.

Ya se hallaban reunidos Ousmar, Souady y un par de hermanos menores del jefe. Charfadine no se encontraba presente.

Sin mayores preámbulos Ousmar comenzó a hablar.

—El motivo de esta reunión es tratar la respuesta que hemos de dar a las demandas del jefe del clan Mbaye. Ya he consultado con todos los ancianos y he tomado mi decisión. Mañana la oficializaremos frente al consejo tribal.

A continuación comenzó a explicar las decisiones adoptadas y sus fundamentos.

—No podemos aceptar que nombren un delegado para participar en nuestro consejos tribales, pues se convertiría en el poder detrás del trono, para llamarlo así, y nuestras decisiones, en vez de favorecer a nuestro pueblo, tendrían como objeto servir a otros intereses— hizo un breve respiro— lo mismo vale para la pretensión de subordinar nuestra milicia a un jefe externo.

Ousmar fue detallando una por una las decisiones tomadas, que en general coincidían con lo que Haroun le había anticipado a Cristian. Éste se hallaba tenso esperando que completasen los temas, en particular el destino de Charfadine. Miró fugazmente a Khaliyha, cuyos estados de ánimo había aprendido a leer con precisión, y la vio serena, lo que de alguna manera se transmitió a su espíritu.

—Finalmente—prosiguió Ousmar— está el tema de las mujeres que nos pidieron entregarles. Preguntaremos a las posibles candidatas si alguna de ellas desea unirse a los Mbaye. En caso contrario la respuesta será negativa.

Aquí Cristian tuvo un respiro, las cosas se estaban moviendo en la dirección deseada.

—Un caso especial es el de mi hija Charfadine—prosiguió Ousmar— este tema era de la máxima importancia para el jefe Mbaye, ya que una unión dinástica implicaría su dominio futuro. Por lo tanto es un objetivo muy importante para los Mbaye, y una respuesta negativa será de alto costo para nosotros.

Ousmar hizo un alto, Cristian sintió que la cabeza le giraba. Khaliyha lo miró fijamente para analizar sus reacciones.

—Pero no entregaré mi hija contra su voluntad— siguió hablando Ousmar, Cristian produjo una notoria exhalación, el jefe prosiguió— hay una única forma de hacerlo sin ofender gravemente a los Mbayes...

Los silencios de Ousmar tenían el propósito de remarcar las razones y consecuencias de sus decisiones, pero tenían al joven en vilo.

—Para lograr nuestros fines sin consecuencias Charfadine debe estar casada, y su matrimonio haberse consumado. Esto pondrá punto final al interés del jefe Mbaye.

La cabeza le explotaba a Cristian: ¿Charfadine casada? ¿Cómo y con quién? Khaliyha se acercó y acarició la cabeza de su marido, lo cual aumentó la confusión de éste.

Ousmar había concluido su exposición y se levantó para irse. Cristian tuvo un impulso de pararlo para pedirle aclaraciones, pero lo sofrenó. El jefe se retiró

Como en una escenografía bien planeada hizo su entrada Charfadine, y el corazón del muchacho se aceleró. Recién en ese momento cayó en cuenta que su cuñada había estado ausente mientras se debatía su futuro, pero Cristian no tuvo momentos de resuello para continuar con sus cavilaciones.

—¡Me escuchan por favor!

La asamblea familiar proseguía, y Souady estaba ahora a cargo.

CAPÍTULO 12

La reunión había quedado reducida a Souady, Khaliyha, Charfadine y Cristian; de alguna manera, meditó éste, los directamente interesados en el curso ulterior de los acontecimientos.

—El jefe ha hablado— expresó Souady— y ha dictaminado cual debe ser el destino de Charfadine de acuerdo con los intereses de nuestro clan. Mi hija debe estar casada para evitar desairar al clan Mbaye y por ello a la etnia Sara. No es la función de Ousmar Djalali determinar con quién se ha de casar Charfadine. Como su madre, y para nadie es un secreto que se trata de mi hija preferida, voy a tomar a mi cargo la situación de aquí en más.

Las mejillas de la muchacha se tiñeron de rubor. Sin duda jamás habría pensado que su futuro se jugaría con tantas presiones del entorno.

—Como madre, es mi deber asegurarme que no se impondrá a Charfadine ningún marido que ella no desee. Es decir, ella ha de elegir a su esposo libremente, por supuesto, de común acuerdo. Dinos hija ¿A quién has elegido?

La muchacha permaneció en silencio. La madre repitió la pregunta con —idéntico resultado.

— Es evidente que mi hermana se ha impuesto silencio por el impacto que su deseo tiene en otras vidas— expresó impensadamente Khaliyha— pero todos sabemos que es lo que dicta su corazón. Sabemos que Charfadine ama locamente a mi esposo Cristian, y que éste la corresponde.

El aludido pegó un respingo, no podía creer lo que oía, particularmente en boca de su mujer. De todas las personas, jamás lo hubiera pensado de Khaliyha, sabiendo el amor que ella le profesaba.

La palabra volvió a Souady.

—¿Charfadine, amas tú a Cristian Colombo, y aceptarías ser su esposa?

—Ssi, pero...

—¿Charfadine, amas tú a Cristian Colombo, y aceptarías ser su esposa?

—Si...

—¿Charfadine, amas tú a Cristian Colombo, y aceptarías ser su esposa?

—¡Sí!

—Bien— agregó Souady— el ritual se ha cumplido. La mujer ha aceptado tres veces casarse con el hombre propuesto.

Entonces giró hacia Cristian, pero éste la interrumpió con un gesto.

—Souady, todos sabemos que estoy casado con tu hija mayor y soy padre de tu nieto ¿Cómo podría casarme entonces con Charfadine?

—Khaliyha— preguntó Souady a su hija mayor— ¿aceptarías tú que tu esposo desposara a tu hermana?

—Lo aceptaría— respondió la aludida— pero creo que es justo contarle a él cuáles son nuestras costumbres respecto al matrimonio.

A continuación Souady pasó a explicarle a su yerno que la poligamia estaba admitida o sea que un hombre podía casarse más de una vez en el seno de la etnia Sara, y que casase con una cuñada no sólo no era mal visto sino que facilitaba las cosas. La condición era no descuidar a su primera mujer y su prole. De hecho, una de cada tres mujeres chadianas viven en familias con situación de poligamia.

—Dicho esto, Cristian Colombo, te pregunto ¿Quieres tú a mi hija Charfadine y la tomarías en matrimonio?

—Si— respondió el hombre sin vacilar.

—Bien— prosiguió Souady— ahora sólo falta comunicárselo a Ousmar Djalali, pues es él quien debe entregarte a nuestra hija.

La reunión familiar concluyó aquí. Cristian quedó perplejo por el desarrollo de la misma, ya que, concluyó su propósito real había sido concertar el casamiento entre Charfadine y él, logrando su mutuo consentimiento explícito, para cumplir con las tradiciones étnicas. Le resultaba igualmente obvio que todo estaba preparado de antemano,

y los únicos que no estaban al tanto eran precisamente Charfadine y
él. Cuando pudo por fin poner en orden sus ideas, se dio cuenta que
esta decisión colmaba sus aspiraciones, ya que podía permanecer con
las dos mujeres que amaba, de modo que no podía pedirle más a la
vida. Sin embargo, le aguijoneaba la duda de cómo Khaliyha había
accedido a esta situación. Sabía perfectamente que su esposa se movía
por amor pero también por razones de estado que él, Cristian, no
llegaba a entender o justificar. Aún así el hecho de que una mujer
posesiva como ella consintiera en compartir su marido, aún cuando
fuera con su hermana, excedía su capacidad de comprensión.

Dio una vuelta larga para llegar a su casa, para disponer de más
tiempo para pensar como hablar con su mujer. Khaliyha lo esperaba con
el niño en sus brazos, con un gesto que le pareció triste. Cristian no
hizo comentarios, dejando que su esposa tomara la iniciativa, como era
frecuente que ocurriera.

—¿Y bien— dijo finalmente ella— hay algo que quieras saber?

—Por supuesto. Te agradezco tu gesto desprendido, pero no
entiendo cómo has accedido a compartirme.

—En verdad no he accedido, sino que fue mi iniciativa.

La respuesta desconcertó aún más al joven, quien después de unos
instantes dijo.

—O sea que es tu voluntad compartirme.

—No realmente. Ha sido una decisión realista. Mi padre concibió
la idea de casar a Charfadine para evitarle un futuro horrible...

—E impedir que los Mbaye se adueñaran del clan.

—También eso. Luego mi madre puso en la mesa lo que ya todos
sabíamos, que Charfadine y tú se aman. Esto es un hecho de la vida, no
es la creación de mis padres o mía.

—¿Y tú te allanaste a los hechos de la vida?

—No es que me haya agradado, pero me convencí que era lo mejor
para todos. Por supuesto que sé que es lo mejor para mi hermana y para
ti.

—¿Y qué lleva a una mujer a compartir a su marido?

—Yo sé bien que hay diferencias entre el hombre y la mujer, el hombre es polígamo por naturaleza, puede amar a dos mujeres a la vez con más facilidad que la mujer a más de un hombre. Pero lo que me lleva a mí a tomar esta decisión concreta te lo diré con toda claridad. La desesperación de las mujeres es la posibilidad de perder a su hombre. Yo tengo la certeza de que no voy a perderte, que me seguirás amando. No tengo dudas al respecto.

—¿O sea que me puedes tomar por descontado?

Khaliyha, que hasta el momento había hablado sin tensión pero seria, sonrió ahora, empujó a su esposo al sillón y se sentó en sus piernas, como solía hacer.

—Es así, y no hay nada que puedas hacer al respecto. Estoy metida dentro de ti.

Cristian no respondió, sabía reconocer una verdad cuando la oía.

Souady hizo los preparativos para llevar adelante la boda con toda premura. En efecto, cuando Ousmar le comunicara al jefe Mbaye que su hija estaba ya casada, esto debía ser verdad.

—Esta situación lamentablemente no deja tiempo para hacer ahora una boda como tuvo tu hermana— le dijo— pero confío que una vez que se tranquilice todo podamos llevar a cabo algo como tú mereces.

Se paró junto a su hija, que se hallaba sentada, tomó la cabeza de ella y la apretó contra su costado. Charfadine era la hija predilecta de Souady, quien era también su abogada defensora en todas las circunstancias.

—Pero lo importante es que logres casarte con un hombre que te hará feliz, lo sé.

Haroun señaló un objeto en las dunas más adelante, e indicó a uno de sus hombres que se acercara.

—Tiene un brillo metálico— dijo Cristian, quien cabalgaba a su lado.

—Deben ser restos de algún vehículo. Pero sigue contándome sobre la reunión familiar.

El joven terminó de narrarle lo acontecido en la misma, pero se abstuvo de contar la posterior charla íntima con su mujer. Haroun meditaba, de modo que finalmente su amigo le preguntó.

—¿Y bien, qué opinas de todo esto?

—La decisión de Ousmar de casar a su hija me parece acertada y osada a la vez. De esta forma no corta las relaciones con el otro clan. El papel de Souady de privilegiar la elección de Charfadine era previsible viniendo de una madre protectora— Nuevo silencio.

—¿Y en cuanto a Khaliyha?

—¡Hmm! También es compartible y previsible, viniendo de una mujer inteligente y con dotes de líder como tu esposa.

¡Previsible! ¿Por qué lo dices?

—¿No te das cuenta de las implicancias?— contestó sonriendo Haroun.

—Sí. Lo que tú mismo decías de no ofender a los Mbaye y todo ese rollo.

—No sólo eso. También podrían haber casado a Charfadine, una mujer particularmente hermosa, con algún miembro de nuestra aldea.

—¿Y qué concluyes?

—Al casarte a ti con ella, Khaliyha ha cerrado el paso a que un posible competidor poderoso pudiera susurrarle en la oreja a su padre.

Una cierta desilusión se apoderó de Cristian; Haroun le había abierto los ojos sobre un punto que se le había escapado.

—De modo que controlándome a mí, controla también a su hermana— concluyó.

Haroun se hizo cargo del cambio de humor de su amigo, y agregó.

—Pero no te deprimas por eso. Piensa que al mismo tiempo ha asegurado tu felicidad y la de su hermana. Es una jugada muy inteligente, y donde el único costo lo paga en definitiva la misma Khaliyha.

Cristian admiraba la lucidez de su acompañante, quien no sólo lo introducía en las reglas del combate en el desierto sino también en los juegos políticos y cortesanos que a él le resultaban tan extraños.

—Es cierto, paga un costo para mantener su posición— pero entonces recordó las palabras de su esposa sobre su seguridad de retenerlo; el costo era relativo y consistía en realidad en ceder los derechos exclusivos sobre su persona.

En ese momento regresó el hombre que habían enviado a reconocer el origen del brillo con un viejo tanque auxiliar de combustible en la mano.

—Está todo oxidado afirmó Haroun— Debe llevar años en el desierto. No tiene importancia.

Cristian suspiró aliviado; últimamente los hallazgos en el desierto habían resultado particularmente desagradables.

Tres días más tarde se celebró la boda entre Charfadine y Cristian. El desarrollo de la ceremonia fue semejante al del casamiento con Khaliyha pero mucho más breve, y se completó en un día. La alegría de la novia era evidente, a pesar de su carácter reservado. Llevaba un largo vestido blanco en una tela muy rica y un turbante del mismo color y material. Finalizado el agasajo a los concurrentes, los novios, junto con Souady y Khaliyha se dirigieron a la casa de ésta y Cristian, quien la había acondicionado para recibir a su nueva moradora; la amplitud de la vivienda era suficiente para albergar a tres personas cómodas.

Allí se sentaron a descansar de las fatigas del día, y Khaliyha mostró a su hermana el sitio que le estaba destinado, el cual había sido muy bien arreglado, dado el escaso tiempo disponible.

—Una vez que estés dentro lo acondicionarás a tu gusto— le expresó.

Finalmente Souady se levantó para retornar a su hogar, y mientras Khaliyha iba a preparar a su hijo para acompañar a su madre y dejar a los novios solos, Souady le murmuró a Cristian con su habitual descaro.

—No olvides que el matrimonio debe ser consumado a la brevedad.

A pesar del rubor que le cubrió el rostro, este contestó en la misma vena.

—No se preocupe. No se me va a olvidar. No creo que tenga Ud. quejas de mí en ese aspecto hasta el momento, y no las tendrá en el futuro.

—No las tengo, y es por eso que he abogado por ti en todo momento.

Cuando quedaron finalmente solos, Charfadine y Cristian se miraron, quizás por primera vez sin ocultamientos. Era una pareja de recién casados que no había tenido hasta allí ningún momento de intimidad, lo que era sumamente extraño para él, mientras que era para la muchacha era sólo la consecuencia de las costumbres matrimoniales de su tribu y por lo tanto nada extraño. Cristian se acercó lentamente, dejando que la mujer se adaptara a su presencia y cercanía; en todo momento deseaba evitar ser invasivo. Ella le dedicó entonces una dulce sonrisa, que hizo que el joven avanzara más decidido. Colocó su cara junto a la de su mujer y posó sus labios sobre los de ella. Se unieron en un beso apasionado y muy prolongado, mientras la muchacha vencía sus últimas inhibiciones.

—Sabes—le dijo— a mi edad las mujeres de mi aldea hace rato que están casadas.

—¿Y como tú no lo has hecho antes?

—Te estaba esperando a ti.

Cristian besó su cuello y comenzó a avanzar sobre sus hombros, mientras sus manos levantaban la falda del traje de novia y comenzaban a recorrer su carne invicta. Al llegar a sus muslos ella emitió un suave gemido que excitó a ambos aún más. Cristian desvistió un poco torpemente a su mujer, desembarazándola del complicado atuendo de novia, y empezó a acariciar y besar su cuerpo, desde arriba hacia abajo y luego en sentido inverso. El contacto de las manos y labios del muchacho con toda su piel y mucosas hacía que Charfadine se retorciera de gozo. Luego sobrevino una primera y prolongada unión en la que cada uno llegó al clímax a su tiempo. Finalmente quedaron tendidos en el lecho, quietos en pleno éxtasis. Charfadine suspiró, todas sus fantasías para su noche de bodas se habían cumplido con creces.

—Tu madre no me podrá seguir persiguiendo con "consumaciones"—dijo él socarronamente.

—Sólo espero que sigas consumando.

—No depende sólo de mí.

—No debo tomar la iniciativa ¿Que pensarías de mí?

—Por el contrario, me resultaría muy placentero que lo hagas. Puedes asesorarte con tu hermana.

—¡Me moriría de la vergüenza!

—En realidad nadie te puede dar mejores consejos en lo que a mí se refiere. Haré que ella tome la iniciativa de aconsejarte, sé que lo haría de buena voluntad.

—Sin embargo, refiero descubrirte yo misma poco a poco.

—De la misma forma que yo acabo de descubrirte.

—Pero lo has hecho de improviso.

Cristian estaba encantado con la relación abierta que estaba estableciendo con su nueva mujer, pues había temido haber desposado una dama mojigata y distante. En cuanto a Charfadine, ella misma se sorprendía de lo rápido que se había habituado a la intimidad.

CAPÍTULO 13

—Espero no estar cabalgando al lado de un hombre debilitado como consecuencia de su segunda noche de bodas—dijo risueñamente Haroun mientras veía a su amigo bostezar.

—Supongo que tú tienes experiencia en esto.

—En segundas y terceras.

Uno de los subordinados de Haroun se acercó con su caballo diciendo que habían avistado a un contingente de hombres en camello acercándose por el noroeste.

—Bien, nos aproximaremos con precaución.

La pequeña caravana se detuvo al ver acercarse a la partida a caballo.

—El que los dirige es Zakaria, un viejo zorro conocido mío.

—¿Este que es, asaltante, bandolero, contrabandista?— inquirió Cristian.

—No lo sé con certeza, pero imagino que habrá cortado unas cuantas gargantas en su juventud.

Haroun se dirigió hacia la caravana solo, para no atemorizar a sus integrantes y disparar algún reacción inconveniente. Estuvo hablando con Zakaria por un buen rato y luego regresó con sus hombres, luciendo un gesto preocupado.

—¿Y bien, que ha visto Zakaria que te aflige?— demandó Cristian.

— No es lo que ha visto sino lo que no ha visto lo que me preocupa.

—¿Cómo es eso?

—Llevan ya viajando dos días sin ver a un alma por el desierto.

—¿Y no es por eso que lo llaman desierto?

—Como todos van por más o menos las mismas sendas, siempre te topas con alguien. Ahora el desierto está vacío.

—¿Y eso que indica?

—Una posible explicación es que estén corriendo rumores de peligros y conflictos, y la gente se mantenga alejada de los caminos.

Khaliyha, Souady y Charfadine se habían reunido en casa de la segunda, y como era habitual era ella quien guiaba el curso de la conversación, con su acostumbrada desfachatez.

—De modo que el flacucho resultó bastante vigoroso— se dirigió a Charfadine en tono de afirmación más que de pregunta.

La muchacha se sonrojó y bajó la vista.

—Bueno— siguió la madre— esto está de acuerdo con la experiencia de tu hermana ¿No es cierto Zouby?

—Tú sabes que no lo hubiera traído hasta aquí en caso contrario— respondió la —aludida con igual crudeza irónica.

Khaliyha, tú le has exprimido al italiano todo lo que puede dar para el placer. Quiero que le cuentes a tu hermana tus experiencias.

—¡Oh! Ya basta— exclamó Charfadine cubriéndose la cara de vergüenza.

Souady se alejó rumbo a la cocina profiriendo una carcajada. En el fondo estaba encantada con que su niña estuviese abriendo el cascarón en tal forma.

—Ven— dijo Khaliyha a su hermana tomándola por el talle— te contaré alguna de mis tretas. A Cristian le gusta que lo sorprendas con tus exigencias. En una oportunidad...

Khaliyha, que siempre había despreciado a sus compañeras de gimnasio en Nueva York cuando contaban sus experiencias sexuales con sus maridos y novios, se encontró haciendo lo mismo con su propia hermana.

Cuando regresaron esa tarde a la aldea, Haroun y Cristian fueron citados a una carpa donada por los franceses, donde habían instalado una especie de puesto de comando, incluyendo los equipos de comunicaciones del mismo origen. Allí los esperaban Ousmar y sus cuatro lugartenientes, hombres ancianos de extracción guerrera que tenían la máxima confianza de aquel.

—Me ha llamado el Capitán Romand— dijo sin rodeos— los satélites mostraron desplazamientos por el desierto en dirección sur, luego confirmados por una avión que enviaron especialmente y que logró fotografiarlos. Es una caravana de unos treinta camiones, varios vehículos más pequeños y unos trescientos a cuatrocientos camellos con hombres y vituallas. En suma, un pequeño ejército en marcha.

—Entre mil y mil quinientos hombres— Haroun había sacado cuentas rápidamente— ¿Donde se hallan?

Ousmar se dirigió hacia una amplia mesa donde se hallaba desplegado un gran mapa del centro de África. Con un dedo marcó una posición.

—Para una caravana grande y lenta, un par de días de distancia de nuestra aldea— reflexionó Haroun— siempre y cuando no hagan otras paradas en el camino o se desvíen.

Cristian se percató de que cuando una crisis militar se aproximaba, su amigo pasaba a tener un papel determinante, y que los otros jerarcas respetaban su opinión.

—Lo adecuado es ponernos en el peor escenario posible y asumir que vienen por nosotros— prosiguió Haroun— y poner a nuestra tropa y nuestro clan en máxima alerta.

El cónclave discutió un rato más, y finalmente aceptaron la postura de Haroun y comenzaron a planear su implementación. Cada uno de los presentes debía tomar los recaudos pertinentes en su círculo amplio de relaciones para poner en práctica lo acordado.

Esa tarde Ousmar se hizo presenta en la casa de Khaliyha y reunió a sus dos hijas y su yerno.

—¿Cristian, has comentado en tu familia lo acordado esta mañana en la carpa de —comando?

No, señor, no deseaba alarmar prematuramente a Khaliyha y Charfadine, hasta que Ud. diera la orden de anunciarlo en toda la aldea.

Ousmar hizo un breve resumen de la comunicación de los franceses y las decisiones tomadas.

—Cristian, tú eres responsable del destino de mis hijas y nieto, es decir del futuro de nuestro clan. Has de idear con la suficiente antelación un plan de evacuación de tu familia y ponerlo en práctica en cuando llegue el momento, lo que lamentablemente será más pronto que tarde.

Charfadine comenzó a llorar en silencio, mientras Khaliyha reaccionó vivamente.

—Jamás voy a consentir abandonar mis padres y mi pueblo en momentos de peligro.

Ousmar sonrió orgulloso y besó a su hija en la frente.

—No te lo estoy pidiendo como padre, Khaliyha, te lo estoy ordenando como tu jefe.

Hubo una larga discusión en dialecto entre el padre y sus hijas, que se escapó a la comprensión de Cristian. Cuando menguó, Khaliyha le tradujo.

—Hemos accedido a evacuar. Hemos agregado a mi madre entre los que serán puestos a salvo. Ella se opondrá a dejar a su marido, pero mi padre la obligará como lo hizo con nosotras.

—¿Recuerdas a Yusuff?—preguntó Ousmar a Cristian, refiriéndose a su guardaespaldas personal, quien los había acompañado en la misión comercial.

El joven asintió con un escalofrío, recordando al fiero personaje que había ultimado a los dos agresores caídos.

—Lo pondré al servicio de Uds., responsable ante mí con su cabeza por la seguridad. Resumiendo, tú Cristian organizarás la evacuación de mi familia y buscarás un destino seguro, y Yusuff cuidará las espaldas de todos Uds.

El compañero designado produjo reacciones diversas; Khaliyha se alegró porque conocía el valor y la fidelidad del hombre hacia su padre, Charfadine trató de esconder el temor y el rechazo que el personaje, un tanto siniestro, le provocaba, mientras que Cristian, aunque también a él Yusuff le provocaba inquietud, sin embargo y en base a su experiencia anterior celebró tenerlo cuidándoles las espaldas.

Ousmar puso a disposición de Cristian un ignoto y vetusto Land Rover, venido quien sabe de dónde, con tres filas de asientos, y por lo tanto con capacidad para los seis eventuales viajeros y algunos equipajes. El vehículo tenía dos tanques de combustible adicionales adosados a su puerta posterior, y un portaequipajes en su amplio techo, lo que permitiría cargar algunos efectos personales llegado el caso. Las cuatro ruedas eran relativamente nuevas mientras que el auxilio estaba bastante desgastado. En suma, pasó a aprobación de Cristian, quien hizo una prueba de manejo en la aldea.

Las dos mujeres comenzaron a preparar maletas con lo necesario para el caso de una evacuación repentina, de las que el joven rechazó más de la mitad por exceder la capacidad de carga del automotor. Souady trajo sus maletas a casa de sus hijas, para tenerlas prontas en caso necesario; un ambiente de emergencia teñía todos los preparativos.

Ousmar los dotó de uno de los preciosos equipos de comunicaciones con baterías, y unos mapas de la región. Haroun se hizo presente y repasó con Cristian el plan de salida y observó los elementos aprestados, expresando su aprobación.

—Veo que tienes capacidad de organización— dijo en un raro cumplido a Cristian— mucho va depender de esa condición y de la aptitud para improvisar.

—Si es que se presenta la necesidad de escapar— contestó el joven.

—Cristian— dijo el guerrero en tono amargo— el problema no es si se presenta sino cuándo.

A continuación indicó sobre el mapa la ruta de huída, en dirección sudeste hacia Camerún.

—¿Recuerdas a Hassan?— preguntó al muchacho.

—¿El viejo rufián del desierto amigo tuyo?

— El mismo, sólo que al oler el peligro ha emigrado hacia el sur y se ha establecido aquí, sobre tu ruta de escape – y señaló un punto en el mapa— Te estará esperando con suministros y combustible. Él te indicará tus contactos de allí en más.

Cristian, inicialmente abrumado por la responsabilidad de hacerse cargo de todos sus seres queridos en circunstancias particularmente difíciles, se iba calmando al comprobar el progreso de los preparativos.

Esa noche Cristian entró en el dormitorio que compartía con Khaliyha, quien ya se encontraba en la cama y se aprestó para acostarse.

—Espera— lo frenó su mujer en tono imperativo— Charfadine se encuentra se encuentra sola en su cuarto y está muy asustada. Ve con ella.

Sin decir una palabra, el joven hizo lo indicado. Al abrir la puerta vio que la muchacha se encontraba sentada en la cama con los ojos arrasados en lágrimas. Siempre en silencio, Cristian le quitó el calzado, besó sus pies, sacó su *deshabillé* y dejó su hermoso cuerpo al desnudo; luego se acostó a su lado, y comenzó a acariciarla suavemente hasta que la joven quedó dormida. Su gesto había cambiado y una sonrisa afloraba en sus labios, quien sabe fruto de que sueños.

Sin hacer ruidos, Cristian volvió a vestirse y retornó al dormitorio con Khaliyha, quien lo esperaba despierta y desnuda. El entrar él también desnudo en el lecho, ella se enroscó en torno a su marido.

- Ámame desesperadamente— le dijo— no sabemos qué es lo que vendrá, ni cuándo ni dónde podremos volver a hacerlo.

Luego de las reiteradas uniones, mientras Khaliyha también dormía rendida de placer, Cristian no podía dejar de pensar en su gesto de enviarlo a ocuparse de su hermana pequeña antes de atender a sus propias necesidades. Como ocurría de tiempo en tiempo, una sensación de orgullo y admiración por su mujer recorrió su cuerpo, y también él se durmió.

A la mañana siguiente fuertes golpes en la puerta de la casa despertaron a las mujeres y a Cristian. Éste se levantó a abrir con el torso desnudo. Yusuff apareció en la puerta y con tono imperturbable dijo.

—Ya vienen. Prepárense de inmediato. En un gesto practicado mentalmente antes, Cristian recogió las maletas y las colocó sobre el techo de la camioneta y las ató y cubrió con lonas para frenar el polvo de los caminos. Khaliyha terminó de amamantar al niño mientras Charfadine reunía sus efectos.

—Cristian montó en el vehículo y se dirigió a casa de sus suegros a recoger a Souady. Ésta se hallaba ya en la puerta de la casa despidiéndose de su esposo con su rostro inundado en lágrimas. Cristian cargó sus valijas también en el techo, mientras la dama cargaba en la cabina la comida preparada que había preparado para el viaje.

Incierto de cómo proceder el muchacho se aproximó a su suegro; inesperadamente éste lo tomó entre sus brazos y lo estrechó.

—Te confío mi familia. Cuida de ellos. Mis bendiciones sobre ti— la emoción le cortaba el aliento, pero prosiguió— ¡Ahora vete! Tengo que ocuparme de la defensa de mi pueblo.

Cristian retornó a su casa con Souady a bordo, allí subieron Charfadine y Khaliyha con el pequeño Hubert en brazos. El muchacho observó a la joven, que miraba desesperadamente por la luneta trasera del vehículo, viendo como todo lo que conocía y amaba quedaba atrás. Khaliyha tenía su vista fija hacia adelante, mientras Souady lloraba en silencio. Al pasar por una intersección vio a Haroun que los saludaba con la mano. Cristian hizo ademán de parar pero su amigo lo urgió a seguir el camino. A la salida de la aldea esperaba Yusuff con una mochila por todo equipaje. Cristian paró el auto, y el hombre arrojó la mochila por encima del techo y subió por la puerta trasera, entre los numerosos trastos.

En una curva mientras manejaba con toda la velocidad que el viejo vehículo le podía dar, el joven miró por el rabillo del ojo al pueblo donde había vivido el último año, donde se había casado y donde había nacido su hijo, y que ya quedaba inexorablemente atrás. Con un suspiro enderezó al auto hacia su incierto destino.

CAPÍTULO 14

Cristian condujo por sendas mal trazadas que discurrían por la zona semidesértica del Sahel, que imperceptiblemente se iba transformando en sabanas. La densidad poblacional iba incrementándose paulatinamente a medida que la aridez del paisaje daba lugar a una mayor fertilidad. Los rebaños de cabras y algunas cabezas de ganado vacuno aparecían pastando en torno a chozas aisladas que se convertían más adelante en pequeñas aldeas.

Se internaron en una zona de suaves colinas cubiertas de pastos, que por momentos ganaban en altura. Khaliyha, Charfadine, Souady y Hubert dormían, una vez relajada la tensión nerviosa originada por la abrupta partida. Sólo Yusuff permanecía alerta para intercambiar algunas palabras aisladas con Cristian, con el fin de asegurarse que éste también no fuese ganado por la modorra.

De donde surgieron las figuras montadas no lo supieron nunca. Yusuff gritó sobresaltando al conductor.

—¡Allí, a la izquierda! Cinco hombres armados— inmediatamente amartilló el arma larga y la asomó por la ventana del vehículo, que acababa de abrir.

Cristian miró con el rabillo del ojo, y vio efectivamente a cinco hombres montados en caballos y enarbolando fusiles; claramente distinguió que se habían comenzado a acercarse y que uno de ellos les apuntaba con su arma.

El primer disparo pasó por encima de la camioneta pero los siguientes vinieron uno detrás del otro. El cristal de una de las ventanas saltó hecho añicos, y los trozos de vidrio llovieron sobre las mujeres que estaban sentadas en la segunda fila de asientos. Charfadine gritó desesperada, mientras su madre se tapaba la cara aterrada. Khaliyha, que apretaba a su hijo contra su pecho, halló las fuerzas para tocar a su hermana en la cabeza mientras le hablaba suavemente para calmarla. Cristian aceleró a la vez que comenzaba a manejar en forma no lineal para ofrecer un blanco menos fácil. Yusuff trataba de hacer fuego pero el loco traqueteo del Land Rover y los jinetes al galope no le permitían tomar puntería. El vehículo se encaminó a toda la velocidad que su viejo motor le podía entregar a un estrecho desfiladero entre dos peñones altos, mientras que los jinetes galopaban en pos de él. Repentinamente, de uno de los costados del desfiladero emergió un hombre armado con un fusil que les apuntaba. Nuevamente, Cristian reaccionó bajo presión en forma instantánea. Con un golpe de volante sacó a la camioneta de su curso y la dirigió directamente hacia la pared rocosa donde les esperaba el atacante. Cuando éste vio el peligro que se le venía encima intentó escapar, pero la roca no le brindaba posibilidades de retroceso. El impacto del automóvil a toda velocidad arrojó al cuerpo aplastado por el aire, cayendo luego sobre el techo del vehículo con un ruido aterrador. A último momento con otro volantazo en sentido contrario Cristian recondujo al coche hacia la senda, sin poder esquivar totalmente la pared granítica, que destruyó el costado trasero derecho. El auto averiado se movía en una forma errática asustando a las mujeres que viajaban en él. Cristian miró hacia atrás por el espejo retrovisor y constató que los jinetes seguían en pos de ellos, cada vez más cerca. En un recodo del camino donde Cristian tuvo que desacelerar, el tribeño abrió la puerta trasera del automotor y se arrojó sobre las duras piedras del suelo. Mirando nuevamente por el espejo retrovisor Cristian lo vio haciéndole señas que prosiguiera manejando, y luego parapetarse tras una roca. Tras un momento de hesitación decidió proseguir para no comprometer la seguridad de su familia y retornar luego para intentar auxiliar a su protector en su desesperada gesta. Los disparos se hicieron oír, dando cuenta del furioso combate que se desarrollaba a sus espaldas, aún a pesar de la distancia que gana la camioneta. Todos estaban pendientes de los sonidos de la lucha, hasta que en un momento cesaron. Charfadine emitió un gemido, Souady se tomó la cabeza mientras que Khaliyha bajaba la vista. Cristian musitó una plegaria por su valiente defensor, pero no cesó de mantener apretado el acelerador, logrando que la distancia que los separaba de sus perseguidores se hiciera no descontable por éstos.

Tras cinco horas de viaje silencioso y apesadumbrado se acercaron al punto donde Hassan los esperaría, según las instrucciones de Haroun.

Allí se apearon de la camioneta para almorzar, a la sombra de un toldo extensible que tenía el Land Rover adosado a su techo. El calor era asfixiante, habida cuenta de la hora y del hecho que se estaban dirigiendo rumbo al Ecuador. La colación fue silenciosa y el ambiente apesadumbrado. A la incertidumbre sobre el destino de la aldea y los seres queridos se sumaba la certeza de lo ocurrido con su valiente defensor Yusuff, que había sacrificado su vida para darles chances de escapar. Khaliyha cambió y amamantó a su hijo, y se dispusieron a esperar a que apareciera Hassan, rogando que la cita no fallara.

Era media tarde cuando llegó el habitante del desierto, devenido sedentario aldeano de las sabanas. Preguntó por Yusuff, a quien sin duda conocía por sus correrías por las dunas sin fin del Sahara, y se entristeció al saber de su destino.

Lo acompañaron hasta su vivienda, en realidad poco más que la tienda en que vivía en el Sahara donde el hombre les hizo entrega de los víveres, agua y combustible al precio convenido con Haroun. Finalmente, dio instrucciones a Khaliyha y Cristian relativas al rumbo a seguir a través del sudeste de Chad y Camerún hasta llegar al próximo contacto, ya en territorio de este último país.

Cristian intentó en vano llamar al centro de comando de la aldea que se había establecido en la aldea, lo que aumentó el clima pesaroso de los viajeros. Sólo Khaliyha y Cristian intentaron sobrellevar la incertidumbre con una presencia de ánimo un tanto forzada.

—No hemos corrido tantos peligros para quedar en el camino— dijo Khaliyha con una convicción que en realidad no sentía, mientras apoyaba su mano izquierda en el hombro de su hermana, mientras en la derecha sostenía a Hubert. Cristian, que las observaba desde lejos mientras trataba de desabollar el costado maltrecho del Land Rover con ayuda de Hassan. Nuevamente sintió admiración por aquella mujer que en el medio de la incertidumbre hallaba recursos para animar a los suyos. Sin duda, por la venas de Khaliyha corría la sangre de su padre y sus actitudes denotaban las condiciones de liderazgo en cada situación desesperada.

Aproximadamente a las cuatro de la tarde reemprendieron el viaje, habiendo eludido las horas más cálidas de ese tórrido día, buscando aprovechar las horas de luz natural restantes.

La travesía a través de Camerún duró catorce horas que dividieron en tres etapas. Pararon dónde podían conseguir garantías mínimas de higiene y comodidad, particularmente teniendo en cuenta que debían atender al niño.

Finalmente llegaron al puerto de Douala, donde se alojaron en un hotel que les brindaba cierto confort. Allí Souady y Khaliyha se pusieron en contacto con chadianos de su misma etnia, que residían en Camerún desde hacía ya años, con el objeto de obtener noticas de los acontecimientos en Chad y arreglar el embarque rumbo a Europa de toda la familia.

Las dos mujeres volvieron preocupadas por las noticias que habían recibido de los compatriotas. Chad estaba sumido en la guerra y la confusión. Los grupos árabes e islamizados habían realizado una profunda incursión en los territorios del Sahel y la llanura al sur del mismo, arrasando aldeas, asesinando y saqueando. La resistencia de los pobladores había sido tenaz, desesperada y sorprendentemente organizada, por lo que combates feroces habían arrojado cientos y quizás miles de muertos, y los desplazados se contaban por decenas o cientos de miles. No había noticias concretas de pueblos o aldeas individuales, lo que sumía a las mujeres en la incertidumbre.

Con relación al viaje por mar, los chadianos les habían puesto en contacto con el capitán de un barco de bandera liberiana, que partiría hacia Marsella en dos días, tan pronto completara su carga de fibra de algodón; el carguero contaba con dos camarotes para pasajeros, los que se hallaban libres. El capitán, un tal Sarckys, era un sujeto hosco, pero los chadianos lo habían reputado como confiable.

Una vez arribados a Marsella, atravesaron el área de Migraciones sin problemas, ya que las tres mujeres tenían pasaporte francés y tenían papeles que probaban la paternidad de Hubert. En cuanto a Cristian, contaba en su pasaporte con un visado francés obtenido en el consulado de Yamena.

Durante la permanencia de un par de días en Marsella se pusieron en contacto con los miembros de la etnia residentes en París, los que les consiguieron alojamiento en la capital francesa.

Mientras Souady y Charfadine permanecían con el niño en el hotel, Khaliyha y Cristian se dirigieron a la pequeña oficina que los chadianos tenían rentada.

Allí el director del lugar, que era una mezcla de oficina comercial con centro de refugiados del centro de África, se presentó ceremoniosamente.

—Yo soy Monsieur Yannick, he tenido el honor de conocer personalmente a su padre, el jefe Ousmar Djalali, y hemos tenido contacto frecuente e incluso relaciones comerciales— hizo una pausa mientras una hermosa empleada africana servía café— Ya he puesto a mis contactos en nuestra patria - o lo que me queda de esos contactos— a la busca de noticias sobre Mr. Djalali y su aldea. La situación es Chad central es muy confusa y sabemos que hay masas de refugiados desplazándose en todas direcciones, hacia Níger, Nigeria, Camerún, la República Centroafricana y aún a Sudán. Aparentemente son cientos de miles de personas y se tardará bastante en obtener listas con nombres y cuando las consigamos serán incompletas—hizo un alto y alcanzó a Khaliyha un block de papel y una lapicera— Sería bueno que me dejen una lista con los nombres de las personas que les interesan en particular para rastrearlos prioritariamente. Vengan a verme por favor en cuatro días. De todos modos, si hay novedades antes, déjenme el número telefónico de su hotel y los llamaré.

Una vez cumplida su tarea, Khaliyha y Cristian salieron a recorrer el cercano barrio de Monmartre. A poco andar, el *ambiance* romántico del barrio los envolvió mientras recorrían sus calles onduladas, pobladas por la bohemia parisina y en realidad mundial. Se detuvieron frente a los puestos de artistas callejeros, y Cristian solicitó a uno de ellos que realizara un más que aceptable retrato a la carbonilla de su esposa. Pararon en uno de los *caffés*, y se sentaron en una mesa a la calle, donde observaron el paso de los viandantes, ocupados algunos y otros paseando, incluyendo numerosos turistas.

Las preocupaciones que los embargaban en las últimas semanas cedieron momentáneamente a una sensación de *bonheur*. Sabían perfectamente que cuando regresaran a su hotel la realidad tornaría a hacerse presente, pero sus sistemas nerviosos y sus almas necesitaban con desesperación ese remanso para seguir adelante.

—No hay ciudad en el mundo comparable con París— exclamó Khaliyha, superando por un momento la tensión que había invadido su cuerpo y mente luego de su azarosa fuga de Chad— Ni siquiera Nueva York, ni con mucho.

Cristian, que no había estado antes en la ciudad, estaba encantado con este *tour* intercalado impensadamente en el plan de fuga. Tomados de la mano deambularon sin rumbo por la zona como dos novios hasta que las sombras empezaron a caer, y recordaron que había que alimentar a Hubert.

Vencido el plazo fijado por él, Khaliyha, Souady y Charfadine concurrieron a la oficina del pomposo Monsieur Yannick para verificar si había recabado noticias de sus familiares y amigos, a través de los canales oficiosos de los exiliados chadianos. Dejaron al pequeño Hubert a cuidado del padre que lo llevó a dar una corta vuelta por las cercanías del hotel. Cuando regresó las mujeres no habían vuelto aún.

Al cabo de una media hora Cristian oyó ruidos en el pasillo y pronto distinguió la voz de su suegra. Corrió ansioso a abrir la puerta, y sólo ver sus rostros lo prepararon para las novedades.

—¿Ousmar...?— atinó a preguntar.

—Mi esposo está vivo— respondió Souady de inmediato— pero ha perdido una mano en el combate, por la explosión de una granada. También tiene cicatrices por todo el cuerpo, según parece.

—¿ Haroun?

Khaliyha lo abrazó fuertemente mientras le susurraba.

—Tu amigo ha muerto, *mon cher*— la mujer sintió la fuerte contracción de toda la musculatura de Cristian. Charfadine también lo tomó de la mano. Unos gimoteos surgieron de la garganta del hombre. Quien había sido su compañero, guía y confidente en su azaroso pasar por territorio africano había muerto.

— ¿ Cómo fue que...?

—Como un héroe—respondió Khaliyha— con un contingente de sus hombres se quedaron en la aldea para permitir a los pobladores que la evacuaran, ganando un tiempo precioso que permitió a la mayoría ponerse a salvo. Todos ellos cayeron.

Charfadine aún sujetaba su mano. Por primera vez habló.

—Si hubieras estado allí habrías caído con ellos, y no habrías podido ponernos a salvo— mirándolo a los ojos agregó— No te culpes, no habrías conseguido salvarlos.

—África es un continente muy cruel con sus hijos— expresó dolida Souady.

Al ver el gesto de pena de sus padres Hubert rompió en llanto, por lo que Khaliyha fue a calmarlo.

- Nunca quiero volver allí, a mi país— susurró Charfadine en el oído de Cristian— No puedo soportar las cosas que allí ocurren.

Fue nuevamente Khaliyha quien concurrió a consolar a su hermana. Souady, quien sabía que era en realidad función de ella contener a sus crías sonrió y dijo con voz firme, dirigiéndose a su hija mayor.

— Gracias a los dioses que contamos contigo en este momento. Eres nuestra roca y nuestro oasis, nuestra luz en el desierto.

— Nunca es más oscura la noche que antes del alba— contestó Khaliyha— saldremos de ésta fortalecidos.

—¿Y cómo están las cosas ahora?— preguntó Cristian.

—Parece que el clan Mbaye estuvo a la altura de las circunstancias. Enviaron a sus hombres a contener a los agresores y recibieron a los nuestros y a muchos más en sus tierras, las que ahora se encuentran atiborradas— contestó Souady— No cabe duda de que mi esposo estuvo acertado en no irritar a su jefe en el tema del casamiento de Charfadine. La treta tuvo resultado.

—¿Mi casamiento una treta?— expresó Charfadine en un triste aire de protesta.

— Las circunstancias en que se llevó a cabo fueron efectivamente una treta para permitir que te casaras con el hombre al que amas— fue la convincente respuesta de su madre.

—¿Y qué más se sabe?— insistió Cristian.

— Los franceses han presionado al gobierno chadiano para atacar a los agresores por la retaguardia, y se dice que aviones los han bombardeado furtivamente, con lo que la invasión está perdiendo fuerza, y se confía en poder desalojarlos de los sitios que han ocupado.

— Confío que en los próximos días podamos restablecer el contacto directo con mi padre— expresó Khaliyha, esperanza que arrancó lágrimas en su madre.

Souady acercó a sus hijas y a su yerno, y todos se fundieron en un abrazo, cuyo significado escapaba a su entendimiento, porque en realidad iba dirigido a sus almas

Efectivamente, la semana siguiente al concurrir todos a la oficina pudieron hablar con Ousmar. La voz quebrantada del viejo guerrero hablaba bien a las claras de la emoción que lo embargaba. Souady habló en primer término.

—Ousmar Djalali— dijo una vez que ambos pudieron vencer la invasión de sentimientos— mi lugar está junto a ti, y quiero volver, no importa cuál sea el peligro.

—Te entiendo y siento lo mismo, pero aún no es el momento. Estamos instalados en forma muy precaria en territorio Mbaye. Creo que en poco tiempo podremos volver a nuestras tierras, aunque quizás no todavía a nuestra aldea. Cuando esto ocurra, te llamaré a mi lado.

Khaliyha habló en segundo lugar; el padre estaba muy interesado por la salud y el crecimiento de su nieto, y ella debió dar todo tipo de detalles al respecto. Finalmente le dijo.

—Khaliyha. No hay nada que yo desee más que ver a mis hijas y mi nieto. Pero este país será peligroso por un largo tiempo y no puedo exponer nuestro futuro. Sigue a tu esposo por el camino que el elija, y también te llamaré cuando la situación esté madura.

El siguiente turno fue para Charfadine, quien se interrumpía constantemente por las lágrimas. Ousmar no lo sabía, pero la muchacha se estaba despidiendo de su pasado en África. En realidad, quien podía develar el significado de esa conversación era Cristian.

Finalmente, el viejo jefe pidió hablar con su yerno, quien estaba también visiblemente afectado por la emoción.

—Cristian— le dijo— todo lo que me importa en el mundo está en tus manos ahora, y yo confío en ellas—hizo un alto para recomponer la respiración— ¿Dime, eres libre de volver a tu país?

—Por supuesto, no tengo cuentas pendientes en ningún lado.

—Lleva a mis hijas y nieto con los tuyos. Merecen una vida de tranquilidad. Educa a tu hijo, que algún día tendrá altas responsabilidades. Llegado el momento yo llamaré a Khaliyha y Hubert conmigo. Charfadine y tú serán libres de elegir su destino.

—No lo defraudaré jefe Djalali. A mi vez voy a hacerle un pedido.

—Dime.

—Que se encargue de las mujeres e hijos de Haroun.

—Por cierto lo haré. Es el héroe de nuestro pueblo.

Nuevamente se despidió Souady y allí terminó la comunicación, luego de tres meses de incertidumbre y desesperación.

CAPÍTULO 15

El aeropuerto Charles De Gaulle estaba sumamente atareado a esa hora en la mañana. Gentes de todos los orígenes étnicos, nacionalidades y atuendos colmaban los pasillos atentos a las pantallas que les informaban de salidas y arribos. Sentados frente a un portón donde ya se había anunciado el vuelo de Air France a Buenos Aires que saldría en una hora, Souady, sus dos hijas, su yerno y su nieto transcurrían sus últimos momentos juntos hasta que el destino incierto los volviera a reunir, no sabían cuándo ni dónde. Souady sostenía en su regazo a Hubert, dormido pese al revuelo a su alrededor. Khaliyha y Charfadine la rodeaban con sus brazos, mientras Cristian paseaba ansioso como antes de cada viaje en avión. La matrona era inexplicablemente feliz. Las últimas noticias de su esposo en Chad pronosticaban un regreso más pronto que lo anticipado, y la familia se había conformado colmando sus expectativas. La expectativa de quedarse sola en París por un tiempo no la preocupaba, ya que siempre estaría e contacto con Mr. Yannick y sus coterráneos. Contaba con que Khaliyha y su nieto regresarían a la aldea cuando las garantías estuviesen dadas, pero en el fondo de su corazón se preguntaba si volvería a ver a Charfadine, su hija predilecta, su niñita. Sacudió la cabeza para espantar pensamientos lúgubres y se dijo a sí misma: siempre puedes ir a visitarle a Buenos Aires o donde se hallare. La familia Djalali no era pobre y podría costearle su viaje.

Haciéndose cargo de la situación de su madre, Khaliyha le dijo.

—Hazme saber tan pronto podamos ir, aunque sea a visitarlos. Y si tu regreso a Chad se demora, tendremos preparado un sitio para ti dondequiera nos hallemos.

—¿Cuáles son los planes al llegar?— interrogó Souady a Cristian.

—Mi hermano y mi cuñado van a venir a buscarnos al aeropuerto de Ezeiza, en Buenos Aires. Vamos a viajar directamente en el mismo día a mi pueblo, Venado Tuerto, en la provincia de Santa Fe. Allí nos alojaremos en la casa de mis padres, que es muy amplia, sobre todo ahora que sus cuatro hijos se han casado y viven por su cuenta. Con tiempo pienso buscar una casa y un empleo en Buenos Aires, que es una ciudad muy grande de nivel internacional.

En ese instante los altoparlantes dieron la orden de embarque y los pasajeros comenzaron a ponerse en fila para abordar. Charfadine, que había permanecido silenciosa abrazó a su madre con fuerza y lágrimas en los ojos.

—No temas, *ma petite fille*, tu madre te buscará donde estés y te encontrará.

La vista aérea de la ciudad de Buenos Aires impactó a Khaliyha, que tenía en su mente una cierta imagen de ciudad latinoamericana y se encontró con una metrópolis inmensa y moderna, de trazado racional. Charfadine observaba el país que la recibía con gran ansiedad pero en silencio. Cristian intentaba describir lo que se veía desde el aire pero escasamente podía vencer un nudo en la garganta por el regreso a su patria.

Gonzalo, el hermano mayor resultó ser un joven simpático y expansivo, con cierto aire de familia con Cristian, pero de cabello y ojos oscuros. Venía vestido con jeans, una chaqueta sport y zapatillas. Eduardo, el cuñado era un poco mayor y de talante reservado. Cristian saludó efusivamente a sus parientes, a quienes no había visto en los dos últimos años. Tanto uno como otro habían viajado desde Venado Tuerto con sendas camionetas de cabina doble y caja para carga, manchadas externamente de barro, signo evidente del uso agrario al que se hallaban aplicadas. Los interiores de las cabinas estaban sin embargo limpios. Cristian, Khaliyha y Hubert viajaron con Gonzalo, mientras que Charfadine subió al utilitario de Eduardo.

El primer contacto con su cuñado fue sumamente grato para Khaliyha, a pesar de las limitaciones idiomáticas. Gonzalo champurreaba un poco en inglés y otro poco en francés, y Cristian traducía el resto. Hubert miraba por la ventanilla absorbiendo el paisaje en silencio.

Cuando dejaron atrás la zona urbana y comenzaron a atravesar las áreas suburbanas, la mujer quedó impactada esta vez por las dimensiones del llamado conurbano bonaerense, incluyendo áreas de las llamadas villas miseria, también de grandes dimensiones. Más adelante el paisaje urbano fue dejando lugar al rural, con amplias zonas dedicadas a las labores agrícolas. Cristian no podía dejar de sentir un cierto orgullo de mostrar a su familia su país.

Charfadine miraba el panorama campestre con singular agrado. Aunque también ella había vivido en Francia, sólo conocía la ciudad capital y partes de la campiña francesa, muy diferente de la amplitud que ahora se abría ante sus ojos. Eduardo, que no hablaba otro idioma que el castellano, venciendo su natural cortedad, le indicaba sitios y le daba sus nombres, de los que no podía recordar gran cosa, pero apreció el gesto de hospitalidad del hombre. A medida que la camioneta devoraba kilómetros, fue creciendo en su interior una convicción irrefrenable de que éste era el lugar donde quería vivir. Charfadine, un espíritu sensible, había superado a duras penas todos los sufrimientos y la inestabilidad física y emocional de los meses pasados, y anhelaba desesperadamente dar vuelta página y encontrar su lugar en el mundo. La pradera argentina, como a tantos recién llegados antes, le mostró su rostro sonriente.

Al llegar a Venado Tuerto las camionetas no ingresaron a la ciudad sino que tomaron un camino de tierra que se abría de la ruta y anduvieron un par de kilómetros por él.

—No es sólo tierra, sino lo que llamamos "mejorado"— explicó Cristian a Khaliyha.

—¿Y cuál es la diferencia?

—Que es transitable aún cuando caiga una lluvia moderada, y según quién maneja, una bastante fuerte.

Las lluvias torrenciales en el campo estaban fuera del universo de experiencias de Khaliyha, no obstante los períodos vividos en Estados Unidos y Francia.

Por fin llegaron a una amplia casa tipo chalet ubicada a la vera del camino, el acceso a la cual se hacía través de un bosquecillo de casuarinas que silbaban al soplar una suave brisa entre ellas. Todo el amplio campo, cuyos límites se perdían a ambos lados, estaba rodeado de un alambrado, y la entrada se hallaba una *tranquera*, simple portón que se abría simplemente retirando una simple traba y que solamente impediría el paso de animales.

En la puerta del chalet ya se hallaban Luis Colombo y su esposa Graciela, expectantes para recibir a su hijo luego de su prolongada ausencia, y de conocer a sus nuevos familiares. Graciela corrió a abrazar a su vástago con el rostro arrasado por las lágrimas, y transcurrieron un par de minutos antes de que pudiese articular palabra. Luis esperó que su mujer diera rienda suelta a sus emociones y luego estrechó a Cristian fuertemente.

—Sos bienvenido, hijo— dijo con la voz quebrantada.

—Les presento a mi mujer Khaliyha— dijo el muchacho cuando pudo recomponerse— y este pequeño es el nieto que Uds. aún no conocen, Hubert.

Khaliyha estaba pendiente de cualquier atisbo de reacción negativa por parte de sus suegros al verse frente a una nuera de color, pero sólo encontró sonrisas, y se sorprendió al recibir un beso de la mujer y un abrazo del fornido agricultor, a quienes un minuto antes no conocía.

En ese momento arribó la pick—up de Eduardo y bajó Charfadine, quien se había puesto su túnica azul sobre las ropas de viaje, y cubierto sus cabellos con un manto del mismo color. El impacto visual de la exótica belleza fue profundo, y dejó a sus suegros sin aliento. Gonzalo, que ya había tenido la misma reacción en el aeropuerto batió sus palmas exclamando festivo.

—Bueno, a ver si alguien me ayuda a bajar las valijas de la caja de la camioneta.

¡No sé que habrán traído de África que pesa tanto!

Los Colombo habían preparado para su hijo y su familia una pequeña casa que se hallaba dentro del predio de la chacra, y que se encontraba desocupada desde que los hijos se habían independizado. Como Cristian había anunciado su regreso desde París con más de un mes de anticipación, habían podido reacondicionarla, y hasta habían trasladado a ella todas las pertenencias que el joven dejó al marcharse al exterior. Se trataba de una vivienda de tres dormitorios— uno para cada hijo— una pequeña sala de estar, una cocina amplia de campo y dos baños. La construcción databa de unos cincuenta años atrás, pero era sólida y estaba en buen estado.

——Casi diseñada a nuestra medida— reflexionó Khaliyha.

Elijan cada una habitación— dijo Cristian— yo dejaré mis cosas en la más pequeña, que era precisamente la que ocupaba de niño.

Esa noche cenaron en la casa la comida que Graciela les había preparado. Se hallaban extenuados por el prolongado viaje y el niño estaba muy fastidioso

—Mañana he preparado una cena en su honor en la casa grande, así podrán conocer al resto de la familia, al menos los que viven en Venado Tuerto— le dijo Graciela a Charfadine en un imperfecto inglés de escuela secundaria.

La muchacha, de naturaleza un tanto insegura, notó que su suegra estaba muy complacida con ella, a pesar de que no había hecho gran cosa para merecerlo hasta el momento. La intrigaba cómo era que esos granjeros acogían con tanto beneplácito a un hijo que había estado ausente por su sola voluntad, y que regresaba en una situación de bigamia, casado con dos mujeres de distinta raza y distinta cultura. De su educación en una escuela religiosa en Francia recordó la parábola del hijo pródigo, la cual en este caso se había extendido a todo el grupo familiar. Sacó la conclusión de que sus nuevos familiares poseían una tradición de hospitalidad mucho más parecida a la vigente en el África subsahariana que a la de sus ancestros europeos, que Charfadine conocía muy bien.

Se tendió en la cama sin desvestirse, con el sólo fin de gozar su nueva situación, libre de incertidumbres y temores. Así, bajo una sensación de bienestar reencontrada después de largo tiempo, se durmió.

A la noche siguiente concurrieron Eduardo y su esposa Mónica con sus tres hijos y Gonzalo con su pareja Sofía, con dos hijos varones, así como varios tíos y primos. Los Colombo habían arreglado la "casa grande" para el evento y se habían puesto sus ropas domingueras. La gran mesa del comedor estaba atestada de platos y bebidas, servida sobre manteles que se usaban sólo en ocasiones. La vajilla eran piezas supervivientes correspondientes a varios juegos diversos.

Los últimos en arribar fueron Khaliyha, Charfadine, Cristian y el pequeño Hubert en brazos de su padre. Khaliyha estaba ataviada con un magnífico atuendo africano, compuesto de un vestido de pies a cabeza de seda color verde manzana, que dejaba sólo su rostro al descubierto. Encima de él llevaba una amplia capa de color externo rojo brillante, forrada con una tela verde un poco más oscuro que el del vestido, un pañuelo de varios colores al tono cubría su pecho.

Charfadine vestía una indumentaria también típicamente africana que mezclaba los colores azul y violeta. Ambas mujeres aportaban una nota de color y brillo a una reunión donde predominaban los tonos fríos. Algunas damas locales se sintieron un tanto desubicadas en un primer momento, pero el tono festivo se llevó todas las sensaciones negativas.

Cristian levantó a su hijo en el aire y dijo en voz alta.

—Les presento a todos al más joven de los Colombo. El mes próximo cumplirá un año de edad

Acto seguido pasó a saludar a los parientes que aún no había visto, todos los que lo saludaban efusivamente y felicitaban por su familia. Rodrigo, uno de los hijos de Eduardo, de dos años de edad, tocó a su primo recién conocido en la mejilla, extrañado por su color oscuro, e inmediatamente prorrumpió a reír mientras abrazaba la pequeña cabeza. Hubert, contagiado del estado de ánimo, también comenzó a reír mientras agitaba sus pequeñas manos.

Khaliyha era consciente del impacto estético que había producido, y se movió con su habitual soltura en los ambientes sociales. Pronto se vio rodeada por parientes que intentaban hacerse entender en un inglés aprendido en la escuela, o en un francés aprendido en casa.

Graciela se acercó a Charfadine, y comenzó a presentarle a cada unos los concurrentes. La joven con su actitud tranquila se comunicaba con sencillez y simpatía con los nuevos miembros de su familia ampliada, mientras percibía las reacciones de admiración y envidia que producía en su desplazamiento. También se percataba que de alguna forma su suegra había decidido ponerla bajo su ala, lo que la tranquilizaba en este medio rural tan extraño.

Khaliyha regresó a su nueva casa extremadamente complacida. Había comprobado que su natural encanto y distinción surtían el mismo efecto en este ambiente sudamericano tan lejano y en cierta forma tan extraño, que en Nueva York, París o su aldea natal. Indudablemente se había constituido en el centro de atención de la familia de Cristian, que imaginaba acertadamente representativa de la clase media rural de este país. Su hijo había sido aceptado como un Colombo más, aunque ella tenía planes para él. El color de la piel no parecía ser un factor negativo, al menos en su caso.

También Charfadine comenzó a pasar en limpio sus sensaciones y percepciones al volver a su habitación. Sabía que su hermana había deslumbrado por su tipo exótico y sus dones sociales, pero ella, Charfadine, sin duda había destacado por su belleza, en efecto había sentido en su silueta todas las miradas masculinas observándola de reojo.

El papel que se había auto asignado Graciela llenaba igualmente el vacío producido por el alejamiento espacial de su madre biológica. Charfadine aún necesitaba ese rol femenino en su vida.

Por último, también Cristian estaba realizando un balance de la noche. Definitivamente su objetivo de máxima se había cumplido esa noche. Su familia había aceptado a sus dos mujeres y su hijo, procedentes de tan lejos y tan diversos. Posibles cuestiones derivadas de raza o cultura, y el hecho de ser bígamo habían quedado sepultados y limitados a predecibles cotilleos que durarían un cierto tiempo.

Khaliyha hizo valer esa noche su derecho de primera esposa y arrastró a Cristian a su cama. Mientras enroscaba sus largas piernas en torno a él le dijo.

—Tú, campesino, posee a tu ama y señora con todas tus fuerzas.

CAPÍTULO 16

Habían transcurrido seis meses desde la llegada a Venado Tuerto de la familia, ya las mujeres habían adquirido un cierto manejo rudimentario del lenguaje, y se habían hecho cargo de su casa. Hubert había cumplido su primer año y se hallaba en permanente compañía de sus primos, lo que auguraba una niñez feliz. Cristian colaboraba con las tareas rurales en la chacra de su familia, lo que implicaba realizar largas e intensas jornadas de labor, interrumpidas por las frecuentes lluvias, a veces torrenciales que fecundaban la apropiadamente llamada *pampa húmeda*, parte de las mejores tierras agrícolas del país y del planeta.

Khaliyha se hallaba en contacto intermitente con Chad, y habían hablado con Souady el día previo a su partida de París hacia Yamena, donde por fin podría reunirse con su marido. Luego de la última y laboriosa comunicación se reunió discretamente con Cristian, quien regresaba de sus labores en el campo. Cuando le dijo que necesitaba conversar con él, no le extrañó, ya que algo barruntaba del proceso que iba por dentro de su mujer.

—Hoy he hablado directamente con mi padre. Lo han designado dentro de un comité formado por funcionarios, políticos y dirigentes tribales que tienen como misión diseñar el nuevo Chad, luego de la guerra civil que hemos tenido, y de la infinita serie de golpes de estado y revoluciones— tomó un breve respiro antes de proseguir— Han designado a los miembros de varias delegaciones en el exterior que tendrán por misión conseguir apoyo internacional, tanto político como financiero y comercial. Yo he sido nominada dentro de una de esas delegaciones en las Américas, por mi conocimiento personal de los exiliados durante los años que estuve trabajando con ellos, y por mi desempeño cerca de las áreas diplomáticas.

Al ver el ceño fruncido de su marido agregó.

—Es una etapa crucial en mi país y no puedo sustraer mi esfuerzo, sólo por razones familiares.

—¿Sólo por razones familiares? ¿Sólo por tu familia?— reprochó Cristian.

—Sabes lo feliz que he estado aquí con los tuyos, pero es una etapa decisiva en mi vida, que no deseo ver truncada.

—También estamos los demás que formamos parte de tu vida:

—Y absolutamente deseo incluirlos en esta etapa. Por eso estoy hablando contigo, para ver cómo podemos conciliar carrera y futuro.

—¿Qué propones?

—Necesito que nos mudemos a Buenos Aires. Aunque en este país no hay una gran comunidad africana, allí están las embajadas y consulados, y los medios de comunicación y transporte que necesitaré.

—Transporte. ¿A qué te refieres?

—Tendré que viajar con un cierta frecuencia a Estados Unidos, Europa y también ocasionalmente a Chad.

La discusión dejó de ser puramente discursiva y Khaliyha comenzó a utilizar los medios de persuasión que tan buenos resultados le daban con su marido, quien terminó con prestar su consentimiento a los requerimientos de su mujer. Sólo le pidió que convenciera a Charfadine, lo que anticipaba que no sería tarea fácil, pues la muchacha se había integrado muy rápidamente a su nuevo ambiente y era reacia a todo lo que volviera a significar inestabilidad.

Cristian habían regresado de Buenos Aires, donde habían alquilado un pequeño apartamento de tres dormitorios en la zona de Caballito, bastante atestada pero bien comunicada. Gonzalo y Eduardo se ofrecieron una vez más a trasladar a la familia de cuatro personas y sus efectos, que habían aumentado considerablemente en los meses transcurridos en Venado Tuerto.

Khaliyha estaba exultante por poder regresar a una gran ciudad con una oferta de bienes y servicios de nivel internacional, y con posibilidad de acceder a contactos internacionales que su nuevo cargo semioficial le imponía. En cambio Charfadine sabía de antemano que añoraría la tranquilidad de pueblo de que había disfrutado en su capítulo rural, y sobre todo del apoyo y contención que había encontrado en la familia Colombo, en particular en su suegra, quien de todos modos prometió visitar a su hijo a menudo.

A los dos días de haber llegado a Buenos Aires, Khaliyha recibió una instrucción de concurrir a una reunión de emigrados de varios países africanos en Sao Paulo, Brasil. Por el carácter ajetreado de la agenda, no pudo llevar al pequeño Hubert consigo, quien quedó con su padre y su tía en Buenos Aires. Charfadine lo cuidaba con mucha paciencia y era evidente que el niño se hallaba gozoso en su compañía.

Cristian había conseguido un trabajo como diseñador gráfico y se ausentaba desde la mañana temprano hasta las siete de la tarde, cuando regresaba exhausto. Charfadine ya había bañado, cambiado y alimentado a su sobrino, que a menudo estaba dormido al regreso de su padre.

Una noche retornó y Hubert se hallaba aún despierto. Charfadine intentó entregárselo en sus brazos, pero la criatura se aferró a su tía, resistiéndose a ir con su padre. Cristian tomó nota del grado de dependencia recíproca a que ambos habían llegado, lo que le dejó sumido en meditaciones.

Esa noche, Cristian se deslizó en la cama de Charfadine, quien se hallaba dormida. La besó suavemente en las mejillas y labios, hasta que la muchacha se despertó sonriente; luego comenzó una trayectoria descendente que le llevó al largo cuello y perfectos hombros mientras ella respondía de manera complaciente pero pasiva. Cuando acarició y besó sus pechos emitió sonidos dulces mientras acariciaba a su vez la cabeza de él y mesaba sus cabellos. Al descender al vientre éste empezó a oscilar hacia arriba y abajo de placer, lo que se incrementó cuando lamió su Monte de Venus. Luego deslizó sus manos por la cara interna de los muslos de la mujer y los besó. Ella atrapó su cabeza entre sus muslos y la apretó con fuerza, la tomó con sus manos y la empujó hacia dentro de ella. Cristian entendió el mensaje y comenzó a practicarle el sexo oral. La muchacha comenzó a agitarse frenéticamente en el lecho, hasta que eventualmente llegó al clímax en un estertor. Realmente Cristian quedó sorprendido por la intensidad de la respuesta a sus esfuerzos, lo cual lo llenó de excitación. Se introdujo dentro de ella y volvieron a llegar, esta vez juntos, a la cumbre del placer.

Extenuados, durmieron abrazados hasta el amanecer, despertados por el llanto de Hubert. Cuando Charfadine volvió de atender al niño Cristian se hallaba sentado en la cama.

—¿Y bien?— preguntó ella.

—¿Y bien qué?

—¿Qué te ha parecido?

—Exquisito, jamás habíamos tenido una noche así. ¿Y qué te ha parecido a ti?

—Mejor que en nuestra noche de bodas.

—¿Por qué?

—Bueno, entonces era virgen, estaba tensa, tenía sentimientos confundidos y temor a no estar a la altura de la ocasión. En cambio anoche ha sido de liberación total.

—Así debe ser, para algo soy tu marido.

—Con todo, siempre tengo un miedo.

—¿Miedo a qué?

—A la comparación.

—¿Comparación con Khaliyha?

—Ajá.

—Olvídate de las comparaciones. Tú eres tú, y eres una mujer dotada de todo lo que puede hacer feliz a un hombre, no sólo físicamente sino en tus instintos. No eres inferior a nadie.

La tomó tiernamente en sus brazos y permanecieron juntos y en silencio por un largo rato. Charfadine procesaba y degustaba lentamente todo lo ocurrido y hablado, mientras un proceso de crecimiento de su seguridad interior tenía lugar dentro de ella.

En su introspección, la mujer cayó pronto en cuenta que el factor que le había permitido desinhibirse sexualmente en la medida, aún no total, en que lo había hecho esa noche, era la lejanía transitoria de Khaliyha, quizás por su carácter de hermana mayor, pero más probablemente por ser la primera esposa de Cristian, algo así como alguien que goza de títulos de legítima propietaria. De todas maneras, ahora que había gozado a plenitud de una noche con su marido, la joven no estaba dispuesta a volver atrás. Seguiría en el curso empezado esa noche, y vería como las cosas se acomodaban en torno a ella. Se preguntó si todas las mujeres casadas con maridos en estado de poligamia experimentarían el mismo proceso interno.

Cristian a su vez, aunque no con todos los detalles, había notado el cambio en Charfadine. Sospechaba que la razón era la misma que a la que joven había arribado, y también llegó a la conclusión de que una vez roto el cascarón no habría marcha atrás. Dado el fuerte carácter de Khaliyha rogó porque esto no trajera conflictos en su familia. En efecto, desde el arribo a la Argentina, Cristian estaba en el mejor de los mundos posibles.

Aprovechando la mañana luminosa de ese domingo habían salido a caminar por el Parque Rivadavia, cercano a su apartamento. Llevaban a Hubert en un cochecito, pero en los canteros con césped le permitieron caminar con sus pasitos inseguros y sus caídas constantes; de inmediato otros dos niños de edades similares se le unieron en sus juegos. Cristian tomó a Charfadine de la mano caminaron una corta distancia, manteniendo siempre a niño a la vista.

Para ella la experiencia era a la vez nueva y estimulante; el clima perfecto, el lugar agradable la cercanía de parejas jóvenes y maduras, niños de todas las edades corriendo, andando en bicicleta o patines, sentirse libres en un espacio muy abierto no demasiado colmado. Inspiró profundamente el aire tibio.

— Buenos Aires hace honor a su nombre— expresó finalmente.

— En este momento—respondió Cristian— pero suele haber tormentas que provocan inundaciones, calor intenso en verano y clima bastante frío en invierno. Las estaciones son bien marcadas aquí.

— Pero es una ciudad en que me gustaría vivir. Tiene todo tipo de actividades.

—Lo tendré en cuenta— dijo él sonriendo.

— Pero no siempre será adecuado para las actividades de Khaliyha— la frase de Charfadine tenía un dejo resignado, como si una nube cubriera de repente un cielo azul.

— Puede ser así— replicó tristemente el hombre.

Al caminar de regreso sonó el celular de Cristian.

—Es un mensaje de Khaliyha—dijo—Regresa mañana a las 18 horas.

Charfadine apretó involuntariamente el brazo de él, lo que no le pasó desapercibido. Unos minutos más tarde entraron en el edificio y en su apartamiento. Hubert se había dormido en su cochecito durante el trayecto de vuelta, de modo que lo acostaron.

Repentinamente Charfadine tomó a su marido de un brazo, y lo condujo a su dormitorio Lo empujó con una cierta violencia sobre el lecho, y comenzó a desvestirse apresuradamente. Luego se arrojó sobre él con una pasión inesperada.

—Bueno— dijo risueñamente Cristian— Cada día una sorpresa.

—¡Cállate la boca y hazme el amor!

Cristian fue a buscar a Khaliyha al aeropuerto, en un pequeño auto que había comprado de segunda mano. Los diez días que había programado estar en Sao Paulo se habían extendido a casi un mes, por reuniones con personajes influyentes que llegaban a Brasil, de modo que la mujer ansiaba reunirse nuevamente con su familia.

Al subir al apartamento les abrió Charfadine, que llevaba a Hubert en brazos porque recién acababa de cambiarlo. Las hermanas se besaron y Khaliyha extendió sus brazos para tomar a su hijo entre ellos, pero el niño se apartó violentamente aferrándose a su tía.

—Pero Hubert, es mamá— exclamó embarazada Charfadine— ¡Ve con ella!

—Está bien— pidió Khaliyha— no lo fuerces. Ha perdido la costumbre de verme y debe habituarse nuevamente.

—En verdad en todo este tiempo también yo he casi perdido la costumbre de verte— regañó con ira fingida Cristian, que recién entraba cargado con las valijas— Pero has vuelto con más carga que la que te llevaste.

—¡Forzadamente! Tuve que comprarme más ropa en Sao Paulo al prolongarse la estadía.

Finalmente el niño aceptó pasar a los brazos de su madre, que lo besó cariñosamente en la frente. Charfadine ayudó a Cristian a ubicar las maletas, y Khaliyha notó un casi imperceptible rozamiento entre sus cuerpos, que le resultaron novedosos. Los modales de su hermana con el hombre eran más desenvueltos, menos reprimidos que lo que Khaliyha recordaba.

<< Vaya, no sólo el niño ha establecido una relación estrecha con su tía>> pensó la viajera.

Luego de conversar durante un buen rato los tres, básicamente acerca de las experiencias vividas en Brasil por Khaliyha, y los progresos de Hubert en caminar y en adquirir un rudimentario lenguaje, aquella se acostó en la cama matrimonial para descansar un poco antes de darse una ducha.

Las reflexiones acudieron a su mente en tropel. Estaba segura que su hermana y su marido habían establecido relaciones de otro tenor del que tenían a su partida; esto sería no sólo de naturaleza sexual sino también un nivel de intimidad mucho mayor. En realidad era previsible no podía culpárselos ya que eran también marido y mujer.

Khaliyha había elegido para su propia vida un curso que la había llevado a ser una especie de mujer de Estado, aunque ella prefiriera utilizar términos relacionados con la fidelidad a su familia y etnia y la devoción por su padre. En ese rumbo había precios que pagar. En vez de quedarse a vivir cómodamente en Nueva York con el hombre que amaba, su estrella la había empujado a retornar a su país, casarse y dar a luz en él, por razones no sólo familiares sino también dinásticas. Luego había no sólo aceptado sino propuesto compartir a su hombre con otra mujer, bien que ella fuera su hermana, también por razones de Estado, y los acontecimientos habían arrastrado a todos a este nuevo país donde Charfadine sin duda había echado raíces. No podía quejarse pues en el fondo de todo estaba siempre su actuación. Pero ahora lucharía por recuperar su rol.

CAPÍTULO 17

Cuando Cristian regresó a su casa eran ya casi las ocho de la noche. Se encontraba cansado física y mentalmente. En el nuevo puesto que había obtenido en la editorial estaba claro que no le iban a regalar el sueldo, pero había luchado para lograrlo y lo iba a defender con uñas y dientes. Nunca antes había tenido un cargo de la responsabilidad del actual. Implicaba una cierta vida social que a Cristian no le interesaba mucho, pero debía reconocer que el concurrir a las reuniones de editores y escritores con Khaliyha le otorgaban una visibilidad notable, ya que su esposa se convertía en forma natural y espontánea, en uno de los focos de atención. A pesar de que su castellano era aún incipiente, se expresaba gramaticalmente en forma correcta, y su marcado acento francés caía normalmente bien en las concurrencias más variadas.

Había transcurrido ya un año y medio desde su llegada a la ciudad, y este período había sido pródigo en acontecimientos. Hubert concurría a un jardín maternal donde se hallaba muy bien adaptado, Charfadine había revalidado sus títulos obtenidos en Francia y comenzado estudios de Nutrición en la Facultad de Medicina de la Universidad de Buenos Aires, y Cristian había escalado en la editorial gracias a su amplitud de criterios al acercarse a un problema, fruto de una experiencia de vida variada, e indudablemente a dotes de inteligencia natural.

Khaliyha había añadido a sus funciones de tipo para diplomático el manejo de los fondos de la etnia Sara en el exterior, y debía viajar con asiduidad. Souady había llegado unos quince días atrás a Buenos Aires para compartir la vida de sus hijas y su nieto, aún a costa de dejar a su marido en medio de dificultades y retos de todo tipo. El conflicto entre el rol de madre y el de esposa se había resuelto provisoriamente a favor del primero.

La situación política en Chad se estaba estabilizando, y ahora el centro de los conflictos se había trasladado a la vecina República Centroafricana, con similares ribetes de odios raciales y políticos, y con parecido involucramiento militar de Francia y otros países europeos en la lid.

Cristian había comprado una casa antigua pero confortable en el barrio de Villa Urquiza, y aunque todos tenían trayectos más largos hasta sus actividades, la vivienda les ofrecía mayores comodidades por su amplitud, lo que les había permitido albergar a Souady. También daba condiciones más apropiadas para la crianza del pequeño Hubert, quien ya se desplazaba por sus medios.

Al entrar en la casa lo recibió precisamente Souady con Hubert en sus brazos. En un equipo de música sonaba una antigua grabación de *Vous lui direz* interpretado por Mireille Mathieu.

—Souady— dijo Cristian con gesto impaciente— ya le dije que el niño camina ya perfectamente. No debe acostumbrarlo a estar en brazos de adultos. Cuando Ud. regrese a África no tendremos forma de conformarlo.

—Para eso estamos las abuelas, para malcriar a nuestros nietos— contestó desafiante; sin embargo depositó al chico en el suelo, el que salió corriendo tras de una pelota— No olvides que además es el único que tengo hasta ahora, cuando debiera tener al menos tres de mis dos hijas.

—No todo el mundo debe moverse con sus códigos tribales.

—¿Y qué me ofrecen a cambio? ¿Los de esta ciudad, donde la mitad de la población vive sola? Llena de divorciados, separados, juntados y vueltos a separar.

En sus relaciones con las mujeres del clan Djalali, Cristian había aprendido que corría con desventaja, y que siempre había otro modo tradicional de ver las cosas que a la postre se hacía irrebatible. Por ello cambió el eje de la discusión.

— En realidad, si quiere más nietos debe convencer a Khaliyha que no viaje tanto.

—¿Y qué me dices de Charfadine?

—No debe interrumpir sus estudios. Ya tiene mucho tiempo por delante.

—¿Quiere decir que están evitándolo?

Por el momento, sí.

Souady sacudió la cabeza; no estaba convencida de que darle nietos fuera sólo responsabilidad de una de sus hijas. Además, ansiaba tener un nieto de su hija preferida.

—Ciertamente me gustaría hablar con Khaliyha para que esté más con su familia, pero tendría que enfrentarme con mi marido— añadió Souady— El hecho es que mi hija se ha convertido en un soporte indispensable para nuestro pueblo en el exterior. Lo que tú estás sufriendo son los problemas del éxito, no del fracaso.

—No me resulta de mucho consuelo. ¿A todo esto, sabe porque no ha llegado aún?

—Ella quedó retenida en el centro por una reunión con financistas extranjeros que se encuentran en la ciudad. ¿Y Charfadine? Me preocupa que llegue tan tarde.

Típico de Souady y de su inclinación por su hija menor. Lo mismo que le resultaba explicable en Khaliyha era fuente de preocupaciones en el caso de Charfadine.

—Está en un trabajo práctico. Termina a las nueve de la noche— respondió resignado Cristian.

En ese momento se oyó el ruido de llaves en la puerta de la casa e ingresó Khaliyha.

—¡Puf!— rezongó— el subterráneo estaba atestado y tuve que dejar pasar tres formaciones antes de poder subir y viajar parada. Faltan frecuencias de viajes.

Dejó su cartera sobre la mesa y revoleó sus zapatos. Cristian le cedió el primer turno de la ducha mientras jugaba con su hijo en el suelo.

Cuando salió él de bañarse encontró que también había llegado Charfadine, con similares quejas de los medios de transporte.

—Cuando nos fuimos de Chad no nos contaste los problemas de transporte en Buenos Aires, de lo contrario no me vengo— exageró.

—Eso es una señal de buena integración al país y sus costumbres— respondió el hombre— protestar contra todo.

Luego de la cena y de acostar a Hubert, se reunieron los cuatro adultos a tomar un café.

Khaliyha narró las negociaciones con los financistas.

—La principal dificultad para obtener financiamiento para países africanos es la tensión interétnica, que explota con cualquier excusa— explicó.

—Que en gran parte proviene de las fronteras trazadas con lápiz por las entonces potencias coloniales— opinó Cristian.

—Sí, es cierto, pero ya hubo tiempo suficiente desde la independencia para zanjar los problemas en forma incruenta— respondió su mujer.

—Argentina se independizó en 1816 y recién en 1852 se consiguió una cierta paz duradera. En el interregno dominaron los caudillos— insistió él.

—Siglo XIX. Estamos en el XXI. El mundo ya no tolera esos resabios del pasado. No hay alternativa a las soluciones negociadas, tampoco en África. Hay casos de naciones diversas que conviven perfectamente, como Suiza, con cuatro idiomas nacionales y dos religiones.

—Sí, pero aún países altamente civilizados como Canadá o Bélgica tienen problemas para manejar las diferencias entre sus grupos lingüísticos— replicó tozudamente él.

—Es verdad Cristian, pero no saldan sus diferencias con limpiezas étnicas.

—Fíjate los casos de las ex URSS y Yugoslavia. Y ahora recomienza en Ucrania.

—Es justamente mi punto. Ya no va más. Hay que saldar las diferencias, y si hace falta habrá que cambiar las fronteras, pero sin derramamiento de sangre. No, el *cliché* de las fronteras coloniales no explica las matanzas actuales, es mirar al pasado para evadir las responsabilidades actuales, como hacen Uds. los argentinos.

Cristian se rindió finalmente. Sabía de antemano que no podría vencer a su mujer en un terreno intelectual que además ella tenía muy trabajado. En definitiva las diferencias entre ambos argumentos se reducían al vaso medio lleno o medio vacío, y no quería quedar como pesimista o fatalista.

—Voy a tener que viajar a Nueva York— dijo Khaliyha luego de un breve silencio — Tengo que concurrir a una reunión de naciones africanas en las Naciones Unidas.

—Siempre hay alguna razón—dijo amargamente Cristian— Apenas te hemos visto en el último mes.

—Pues quisiera que fuera distinto esta vez— respondió enigmáticamente la mujer.

Consciente de la expectativa creada, Khaliyha comenzó a explicar persuasivamente sus intenciones. Los otros tres sabían de antemano que finalmente deberían acceder, tanto por el ascendiente que ella tenía sino por el grado de elaboración que en general tenían sus propuestas.

—Aprovechando que *maman* estará aquí por otros quince días y que Charfadine tendrá vacaciones de invierno en la Facultad, pienso que podríamos viajar tú y yo— dijo dirigiéndose a Cristian— siento mucha nostalgia y deseos de revivir los momentos y sitios del tiempo en que nos conocimos.

La mujer siguió discurriendo con su habitual coherencia, y todos entendieron que había previsto cada detalle minuciosamente.

—A pesar de ser yo beneficiado es este plan, no me parece justo para tu madre y para tu hermana— protestó Cristian—dejarlas con la carga y la responsabilidad del niño y la casa mientras vamos de paseo sentimental.

—Por mí no hay problema— dijo de inmediato la primera de las aludidas, mientras que Charfadine permaneció en silencio. El hombre sacudió resignadamente la cabeza e intentó llegar a alguna componenda.

—Propongo que al menos las dos con Hubert lleven a cabo el plan del que yo ya les había hablado. Se trata de ir a las sierras de Córdoba, un sitio clásico para las vacaciones de invierno. Tiene un clima frío pero saludable, sin tanta humedad y con tardes de sol radiante.

El silencio significó claramente consentimiento.

—¿Cuándo sería esto?— preguntó Cristian— efectivamente me deben vacaciones en la editorial, pero debo planificar como dejo el trabajo en curso a mis compañeros. No puedo ser una carga tampoco para ellos.

Finalmente decidieron que, dado que Khaliyha debía estar en Nueva York en menos de una semana, viajaría sola y Cristian se le uniría otra semana más tarde, cuando las reuniones diplomáticas hubieran concluido. De esta manera se tenían en cuenta las necesidades de los trabajos de ambos.

—Gracias por tenernos en cuenta— susurró Charfadine a Cristian una vez que la reunión hubo terminado— Estoy segura que me encantará salir de Buenos Aires con este frío.

—¡Bah! Yo lo veo como un premio consuelo. Pero ya te sabré compensar en el futuro.

Khaliyha ya había partido con rumbo a Nueva York, y aún faltaba media semana para que viajaran Souady, Charfadine y Hubert a Córdoba. Cristian decidió pasar las noches en el dormitorio de su segunda esposa, a pesar de que la cama era más estrecha.

—Dado que la esposa principal se marchó, le toca ahora el turno a la concubina— dijo irónicamente pero con un dejo de amargura Charfadine.

—Sabés que no es así— Cristian tornó al castellano, donde sus dotes de convicción eran mayores— Pero no malgastemos el tiempo en recriminaciones.

Escurrió sus manos entre las sábanas y las introdujo dentro del camisón de la mujer, acariciando su vientre. Los argumentos cedieron una vez más el paso a las hormonas.

Cristian llevó a las mujeres y al niño a la terminal de ómnibus y aguardó a que partiera el que los llevaría a La Cumbre. Luego enfiló hacia su trabajo para completar su penúltimo día de trabajo antes de partir también él. No quería reconocérselo a sí mismo, pero la idea de revivir el idilio con Khaliyha en Nueva York, cuando todo era claro, recto y luminoso, lo tenía entusiasmado.

CAPÍTULO 18

Khaliyha y Cristian estaban fatigados; luego de un día de recorrida—más que de compras— por la Quinta Avenida, volvieron al hotel cargados con paquetes. Luego de ducharse salieron a cenar no lejos del establecimiento. La mayoría de los neoyorquinos ya habían cenado, por lo que no les costó conseguir mesa; recién se percataron que un año y medio en Argentina habían cambiado sus hábitos, entre ellos el de la hora de la cena.

Regresaron al hotel tomados de la mano, tomaron un *espresso* en la cafetería, y luego subieron a la habitación. Allí Khaliyha le tomó la mano y dijo dulcemente.

—Desvísteme con lentitud.

—¿Quieres repetir lo de la primera noche, aquí mismo?

—No. Eso fue fuego ardiente, lo dejaremos para otro día. Ahora ámame con cuidado como corresponde a una dama.

—¿A una princesa?

—Sí. ¿Es que tienes dudas?

—No, para nada— como era habitual, no podía oponerse a los argumentos de su mujer, blindados de su propia lógica. Comenzó a desabrocharle el vestido.

Al día siguiente decidieron proseguir su recorrido sentimental en la zona de Gramercy Park, donde había transcurrido la segunda parte de su estadía en Nueva York, bajo la presión de enemigos políticos y étnicos del padre de Khaliyha. Caminaron tomados de la mano por sus calles elegantes, sorbieron un café en sus *coffee shops*, miraron sus librerías. No pudieron sentarse en el parque, cuya entrada está vedada a aquellos que no sean vecinos y posean la llave.

Esa tarde, como el clima lo permitía, decidieron ir al Central Park, a recorrer las extensas sendas, sentarse y acariciarse en algún banco de plaza discretamente amparados de miradas ajenas por pequeñas arboledas, y alimentar a los pequeños animales que se acercaban sin temor. El estado de ensoñación los transportaba a dos años atrás, con la infatuación propia de entonces, plena de urgencias, intensidad y ansiedad, sentimiento que se había apagado parcialmente con la convivencia y los apuros de la vida en el desierto primero, y en la ciudad después, pero cuyos rescoldos estaban vivos y prestos a cobrar fuerza cuando las circunstancias fueran propicias. Khaliyha suspiró feliz con la sensación adormecida y ahora reencontrada.

Esa noche invitaron a Malik a cenar a un buen *restaurant* . El hombre apareció con su físico inmenso contenido en un elegante traje, con camisa blanca y corbata al tono del traje.

Khaliyha estaba vestida en un sobrio atuendo tribal un tanto occidentalizado, que realzaba su magnífica figura. Cristian estaba como siempre con pantalones de algodón arrugados verdes y una gastada campera imitación cuero marrón.

Dado que no había podido preguntarle a Khaliyha en días anteriores por la presión de los tiempos de reuniones de ella, y también por prudencia, Malik estaba ansioso de saber sobre la vida de la pareja desde que habían dejado Nueva York. Los felicitó por el hijo de ambos, y si se sorprendió al saber que Cristian había también desposado a Charfadine— a quien no conocía personalmente, pero sí por referencias— lo ocultó muy bien.

A su vez Khaliyha le preguntó por su esposa y cuatro hijas, una de las cuales estaba preparándose para ingresar en la Universidad de Columbia. Cuando el tema giró hacia la situación política en Chad, Khaliyha resumió los últimos acontecimientos, más allá de lo publicado en los medios de prensa.

—Chad está más calmo, aunque sabemos que los partidarios de Al Qaeda están al acecho para reavivar la llama étnica en cualquier momento. Pero sufrieron muchas pérdidas en la última guerra interna, de las cuales no se han repuesto. Además ahora están involucrados en la República Centroafricana, y no pueden mantener tantos frentes abiertos al mismo tiempo.

Malik dio una breve descripción de la continuación de las luchas en Nueva York después que la pareja hubo salido. Aunque evitó todo detalle truculento, la lid había sido sangrienta, y sólo no había trascendido porque quedó enmascarada en las guerras de pandillas. Ante las preguntas de Khaliyha sobre antiguos conocidos, en algunos casos debió informar que habían muerto. Otros en cambio habían retornado a África ante las perspectivas de paz y el mejoramiento económico en ciertas áreas.

Al regresar muy tarde al hotel, la mujer se desvistió con un cierto brillo que Cristian conocía muy bien.

—¿Bien, seguimos en la onda lenta y dulce?

—¡Nada de eso! Luego del Central Park, quiero ahora reencontrarme con el fuego.

Souady, Charfadine y Hubert los esperaban en el aeropuerto de Ezeiza, en Buenos Aires. Charfadine había estrenado su nueva licencia de conducir, en su afán de ir completando la documentación argentina, testimonio involuntario de su integración mental al país.

Volver los cinco a bordo con las maletas puso a prueba la capacidad de carga del Ford, a la vez que arriesgaba alguna posible objeción de la policía.

Khaliyha abrió las maletas pero sólo sacó de ellas los regalos que había traído para todos, postergando el laborioso momento de extraer y acomodar su ropa y efectos personales.

Hubert finalmente accedió a abrazar a su madre; esta vez la reticencia inicial del niño no impactó tanto a Khaliyha, porque estaba descontada por un lado, y por el estado emocional de ella. Aún para una persona con personalidad tan sólida y estable como ella el viaje a la ciudad donde había vivido años decisivos de su vida, y en particular el período que había transcurrido con Cristian había tenido un impacto emocional favorable muy alto.

Llegó el día en que Souady debía volver a su país, ya que extrañaba a su marido y tenía una cantidad de deberes y tareas domésticas largamente pospuestas. La transferencia al aeropuerto de Ezeiza se hizo nuevamente con el auto colmado. Souady caminó con paso firme hacia el portón de acceso al área internacional, sin mirar atrás para prevenir aflojadas. Hubert lloró al ver a su recientemente recuperada abuela marcharse de nuevo de improviso.

Los días siguientes, la ausencia de Souady se hizo sentir con toda intensidad para todos, en especial para Charfadine y Hubert, que eran quienes tenían una conexión más sólida con la matrona.

El viernes Cristian regresó un poco más temprano a casa.

—¿Cómo van tus estudios— preguntó a Charfadine?

La muchacha dio todo tipo de explicaciones, lo que mostraba bien a las claras su entusiasmo y sus expectativas.

Las conversaciones entre ambos eran desde hacía tiempo en castellano, ante la insistencia de ella sobre la necesidad de dominar el idioma, particularmente por sus estudios en la Facultad, que requerían un manejo fluido y en alguna medida intimo de este idioma que, al igual que el francés, le resultaba sutil y elegante. Dado que también desenvolvía relaciones de amistad con sus compañeros de cursada, daba importancia a hablar el dialecto rioplatense que se habla en Argentina.

— En suma, querés convertirte en una argentina más— afirmó más que preguntó Cristian.

— Excepto por el color de la piel.

— No hay un color de piel "argentino". Además no parece traerte problemas. No creas que no veo como te miran los hombres por la calle.

—¿No me dirás que estás celoso?

— Bueno, si no querés no te lo digo.

En ese momento entró Khaliyha, quien preguntó sobre el tenor de la conversación.

—Realmente siento las miradas de los argentinos clavadas en mi trasero. Peor que en Francia e igual que en Italia.

—En verdad resulta difícil que tu trasero pueda pasar desapercibido aquí.

—Eso es porque no hay negras.

—Los muchachos que viajan a Brasil suspiran con las posaderas de las mulatas.

El curso de la charla había desviado su curso para el gusto de Charfadine, del color de su piel al trasero de su hermana. Intentó entonces dar un golpe de timón.

—El próximo es un fin de semana largo ¿Que planes hay?

—Podemos ir a la costa— propuso Cristian.

—Es casi invierno—preguntó Charfadine—¿Qué podemos hacer allí?

—Pasear por la playa.

—No va a haber nadie—terció Khaliyha.

—No creas. Son las vacaciones de invierno en las escuelas. Muchas familias emigran buscando nuevos paisajes.

Alquilaron dos piezas en un hotel en un balneario llamado Costa del Este, consistente en una serie de manzanas con chalets de dimensiones variadas, no grandiosos pero muy atractivas, con calles de pavimento o de arena y un pequeño centro de comercios. Los pinos y otras especies arbóreas por doquier creaban un hábitat no autóctono pero muy natural y saludable. Había poca gente, por lo que lo jeeps y cuatriciclos circulaban a gran velocidad por las calles sinuosas. El hotel, en realidad un "tiempo compartido", estaba directamente en la playa, por lo que apenas acomodada la ropa y cambiados con indumentaria deportiva salieron a caminar por la misma. Hubert correteaba por un ambiente completamente desconocido, tropezando y cayendo a la arena, medio que le resultaba novedoso y sorprendente. Las resinas de los pinos y las fragancias de otros árboles creaban un ambiente fresco.

Cuando estaban los tres adultos juntos hablaban en francés para no dejar excluida a Khaliyha, cuyo castellano iba a la zaga del de Charfadine, en parte por el mucho menor tiempo transcurrido en Buenos Aires, por sus viajes al exterior.

—¡Qué playa inmensa!— exclamó Charfadine— nunca había visto nada parecido.

—En las mareas bajas tienes más de cien metros de ancho— explicó Cristian— y esto se extiende a otros balnearios por kilómetros y kilómetros.

—¿Y las aguas son profundas?— preguntó Khaliyha.

—Si, por supuesto, es el Océano Atlántico, pero el declive es gradual, menos abrupto que en Río de Janeiro o Miami.

Hubert vino trotando literalmente cubierto de arena, y Khaliyha comenzó a reír.

—¡Ya tendrás oportunidad de probar la arena en Chad!— expresó.

Un escalofrío corrió por la espina dorsal de Cristian. Miró a los ojos a Charfadine y notó que su reacción era similar. El tema era una espina que podía clavarse en la carne en cualquier momento.

Recorrieron cientos de metros de playa, hasta que las casas terminaron y las playas terminaban en médanos altos e interminables.

—¡Dunas como en el Sahara!— exclamó Khaliyha— Este paisaje me resulta más familiar.

Se sentaron en las dunas para descansar un poco, mientras los rayos del Sol se retiraban de la playa.

—Mejor vamos volviendo— contestó Cristian— Hubert ya está cansado y tendré que cargarlo en brazos.

Cuando llegaron al hotel las sombras ya caían sobre la playa y la arboleda que rodeaba al edificio era una masa oscura.

Luego de cenar bajaron al lobby donde raramente pasaba algún turista rezagado o empleado en funciones nocturnas, y permanecieron largas horas al calor de un fuego de leños en un amplio hogar. Hubert se durmió sobre las piernas de su madre, mientras los adultos hablaban de las experiencias del día. Cuando el tema se hubo agotado, el peso de la conversación cayó sobre Khaliyha, quien con su voz de contralto narró las actividades en Nueva York, durante las reuniones de los países africanos.

—...con todas las flaquezas y grandezas, va creciendo la convicción de que el esfuerzo para librar al África de sus guerras, pestes, hambrunas y exilios debe venir de los mismos africanos. Los demás difícilmente podrán poner su consciencia por encima de sus intereses. Y esto vale tanto para los europeos como para los americanos, los rusos o chinos.

Un silencio siguió a esas palabras.

—¿Qué, no les interesa el tema?— desafió Khaliyha.

—¿Qué podemos agregar desde nuestras pequeñas existencias a la misión grandiosa que te has trazado?— dijo sorpresivamente Charfadine sin dobles intenciones.

—¡No hay tal misión grandiosa! La tarea no es de una élite esclarecida sino de todos, al menos los que somos hijos de ese continente.

—Eso me excluye— terció Cristian.

—¡No! Tú tienes intereses en esta aventura. Dos esposas y un hijo, nada menos— respondió tranquila pero enfática Khaliyha— Debes entender que tenemos el ganar el derecho de estar orgullosos de nuestro continente como tú estás demostrando en estos días estarlo de tu país.

—País plagado de problemas políticos, económicos y sociales, todos por culpa de nuestras rebeliones, luchas y rebeliones.

—Pero que es un refugio para los que llegan heridos, que se abre generosamente a los que arriban a sus playas— agregó Charfadine— Yo puedo atestiguarlo a consciencia.

La muchacha no cesaba de sorprender a su hermana y marido con sus intervenciones, que su habitual bajo perfil y actitud discreta no permitían prever.

El debate cesó y Cristian sonrió; un debate en familia de este vuelo no era habitual en la mayoría de los hogares que recordaba. Se estiró en el sillón, bajo el peso de su hijo, cerró los ojos y se dejó llevar por el gozo que la situación le producía.

Khaliyha había traído una *notebook* para conectar con los diarios franceses por Internet gracias al *wi fi* del hotel. De él surgían las notas de *Ne me quitte pas*, interpretado por Celine Dion.

Tout peut s'oublier
Qui s'enfuit déjà
Oublier le temps des malentendus
Et le temps perdu

CAPÍTULO 19

Khaliyha había estado toda la tarde frente a su *notebook* y sentía su vista cansada. Ya usaba lentes desde hacía seis meses para corregir una presbicia incipiente. Se recostó sobre el respaldo de la silla, meditativa.

<< ¿Bueno, a ver cómo les digo esto?>> se interrogó. Su mente inquieta comenzó de inmediato a evaluar los cursos alternativos de acción. Ya había detectado antes en si misma indicios de hartazgo y la pregunta se la hacía con más frecuencia.

<< ¿Qué pasaría si mando todo al demonio, y me dedico a mi familia, cuyos mejores años me estoy perdiendo? Tengo todo lo que una mujer de mi edad puede desear y estoy siempre detrás de un espejismo que retrocede cada vez que avanzo. Mi función me da satisfacciones momentáneas pero me priva de las máximas gratificaciones que mi corazón anhela>>

<< ¿Qué pasaría en verdad si digo no? ¿Cómo reaccionaría mi padre? ¿Quién más podría ocupar mi rol? ¿Cómo funcionaría mi familia si estoy presente todo el tiempo? ¿Y finalmente, pero sólo finalmente, cómo me sentiría yo?>>

Decidió no comentar con su marido y hermana el contenido del correo electrónico que acababa de recibir del Ministerio de Relaciones Exteriores y de Cooperación de la República del Chad, hasta que tuviera en claro sus propios pensamientos. El actual ministro había sido su profesor y mentor en sus estudios en Francia, y conocía bien la capacidad y resolución de ella. En caso de aceptar no sería un salto en el vacío, pero no se le escapaba el costo de una decisión favorable. Oyó que abrían la puerta, un rápido vistazo al reloj le indicó que era Cristian que volvía; cerró el correo, apagó el computador y cerró la tapa como para alejar el problema. Se levantó y se dirigió a la puerta para saludar a su esposo. Hubert ya se encontraba frente a ella señalándola con el dedito índice mientras balbuceaba.

—Papá.

El corazón se le estrujó a Khaliyha, pero sacudió la cabeza y forzó una sonrisa. En ese momento entraba Cristian.

Ya se habían ido Cristian a trabajar y Charfadine a la Facultad. Khaliyha recién terminaba de cambiar a Hubert, quien inmediatamente había salido a corretear por el pequeño patio de la vivienda, donde los padres estaban convencidos que no había ningún riesgo. El teléfono fijo colocado la semana anterior sonó y su timbre sobresaltó a la mujer, que pocas veces lo había oído sonar. Grande fue su sorpresa al constatar que en la otra punta estaba su madre Souady.

—*Oui, maman* ¿Cómo estás? Veo que has recibido el mensaje con mi nuevo número telefónico.

- Y prefiero llamarte a un fijo, no me fío mucho de los celulares.

Estuvieron intercambiando informaciones sobre el estado de la familia en uno y otro lado, y finalmente, Souady develó el verdadero propósito de su llamada.

—*Ma chère fille*. Ha llegado a mis oídos la propuesta que te han hecho del Ministerio de Relaciones Exteriores.

—Me pregunto cómo es que te has enterado. Se supone que sea reservada, y además es muy reciente.

—No importa cómo, el hecho es que me enterado. Espero que tu padre nunca sepa de este llamado.

—Bueno, has captado mi atención ¿A qué viene todo este misterio?

—A que deseo darte mi opinión...mi ruego de madre.

—Adelante.

—Declina la oferta. No pongas tu carrera delante de tu familia, o los harás infelices a todos.

Una fuerte oleada de inquietud invadió a Khaliyha, por lo regular tan segura, pues su madre había tocado el punto sensible que le estaba carcomiendo desde el día anterior.

La mujer trató de conformar a su madre asegurándole que haría lo mejor para la familia, pero sin tomar compromiso de cual iba a ser su decisión. Cuando cortaron la comunicación Souady estaba más preocupada que al iniciarla.

La lucha interna que estaba atravesando Khaliyha se agudizó. La participación de su madre ponía de relieve las implicancias de la decisión que estaba por tomar para mucha gente. Estaba acostumbrada por entrenamiento durante largos años a actuar con determinación en graves cuestiones que concernían a su pueblo, pero en general los aspectos en pugna eran evidentes, la identidad e intereses de cada parte eran cristalinamente claros y también dónde el bien para los suyos residía. Pero ahora había un conflicto, una clara contraposición de necesidades y aspiraciones de su familia, de su etnia y los propios, e inevitablemente al tomar su decisión habría ganadores y perdedores netos entre la gente que amaba. Por más que se devanara los sesos no encontraba soluciones intermedias o de compromiso que dejaran contentas a todas las partes y satisfechas todas las necesidades.

Durante varios días Khaliyha estuvo irritable, esquiva e insomne. Los demás lo notaron y adoptaron reacciones diversas. Hubert lloraba más de lo acostumbrado, Charfadine, habitualmente atenta y cordial con ella, la esquivaba, y Cristian intentó varias veces lograr su confidencia en vano.

Una de tantas noches en blanco finalmente tomó su determinación. Una punzada aquejó su vientre, pero luego cedió y consiguió por fin dormir.

A la tarde del día siguiente, cuando todos habían regresado de sus obligaciones, Khaliyha los reunió con el anuncio de que tenía algo importante que comunicarles. Hubert estaba ya dormido y todos se hallaban sorbiendo una taza de café. Finalmente Cristian dijo directamente.

—Khaliyha, estamos todos pendientes de tus palabras. Dinos por favor de una vez lo que tengas que decirnos.

—Bien, voy a contarles el dilema en que he visto envuelta en estos días, y que, como todos Uds. han notado, me ha carcomido internamente.

Hizo un alto, tomó un sorbo de café para aclarar sus ideas y prosiguió directamente, sin ambages.

—El ministro de Relaciones Exteriores y de Cooperación del Chad me ha hecho en nombre del gobierno una oferta extremadamente atractiva— hizo otro alto, buscando como proseguir, en medio de un silencio absoluto— Se trata de el puesto de Viceministro encargado de Relaciones Económicas Internacionales de la República del Chad.

Cristian se atragantó y tosió, Charfadine bajó la vista.

—Se trata de la posición más alta jamás alcanzada por una mujer en Chad, o para el caso en toda la región central de África. Lógicamente es un puesto con sede en Yamena, aunque con muchas posibilidades de viajes.

Cada vez el silencio se hacía más pesado, no facilitándole seguir con su exposición.

—¿Y bien, que has decidido?— preguntó finalmente Cristian.

—He puesto como condición poder llevar conmigo a todos Uds. a la capital. También he pedido, y estoy segura de poder obtenerlo, un puesto en el mismo Ministerio para ti, Charfadine.

—¿Pero cuál ha sido tu decisión?—insistió inusualmente duro Cristian.

—Antes de comunicarla necesito conocer la respuesta de Uds. ante este ofrecimiento de venir conmigo.

Cristian se agitó en el sillón, se tomó la cabeza entre las manos, luego miró a Charfadine. La situación no requería palabras, la muchacha tenía en sus manos la decisión que tendría consecuencias para toda la familia.

Charfadine levantó su vista y miró con gesto firme a su hermana y a su esposo.

—Estoy preparada para decir lo que haré. En realidad siempre supe que esta situación se produciría, conociendo tus condiciones y tu carácter Khaliyha. No me cabe duda que Chad no tiene una persona más preparada que tú para el cargo de representarla ante el mundo. Creo que no puedes evitar seguir tu estrella hacia dondequiera que ella te lleve.

Ahora le tocó a ella hacer un silencio ominoso. Cristian seguía sus palabras con angustia en el rostro.

—Pero yo también tengo el derecho a buscar mi destino, y creo firmemente que se encuentra en este país.

Cristian pegó un salto, y comenzó a dar zancadas en silencio por la sala, con el objeto de equilibrar tensiones.

—Por primera vez me siento tenida en cuenta, no sólo por ser la hija o la hermana de alguien, sino por ser yo misma, en una gran ciudad anónima donde sin embargo voy abriendo mi espacio— prosiguió Charfadine— Que aquí nadie conozca ni a mi padre ni a mi hermana paradójicamente se convierte en una ventaja. Nadie tiene expectativas formadas sobre mí, excepto claro Uds. dos, y nadie está tampoco dispuesto a darme ventajas. Lo que logre lo lograré por mí misma, será mi éxito o mi fracaso y nadie me lo podrá quitar. Los compañeros y amigos que se me han acercado no saben que mi padre es un hombre poderoso y ni siquiera saben dónde está Chad. Y como son en realidad una banda de anarquistas es mejor que no lo sepan.

Hizo una nueva pausa, tragó saliva consciente que, quizás por primera vez en su vida, era ahora ella el centro de la atención, miró los ojos de Cristian y creyó distinguir un brillo que interpretó como de orgullo; pero de todas maneras no era ya los demás quienes determinaban sus hechos.

—No me iré de este país— terminó con voz tranquila y gesto sereno.

Cristian no habló. En realidad era el único que no se hallaba preparado para tomar una posición. Aunque era evidente en los últimos días que Khaliyha estaba incubando una decisión importante y difícil, el joven había forzado al tema a permanecer fuera de su cabeza, porque le causaba excesiva tensión considerar las posibilidades.

Ahora las opciones estaban claras. Se encontraba ante una divisoria de aguas, las dos mujeres que amaba tomaban distintos caminos en sus vidas y él debía decidir cuáles de ambos ríos seguiría. No había forma de postergar el tema ya más.

Sorpresivamente, y como ya había ocurrido otras veces en su vida, con el sólo obtener claridad sobre las alternativas, la decisión se ofreció espontáneamente en su mente. Se levantó ante la mirada inquisitiva de Khaliyha y Charfadine y salió de la sala en silencio, con un dejo amargo en la boca pero con la paz en el alma.

CAPÍTULO 20

Khaliyha comenzó los preparativos para regresar a Chad un mes luego de haber tomado su decisión. Transfirió todas las funciones que realizaba desde Buenos Aires a otra ciudadana chadiana residente en Washington DC. Se aseguró que sus contactos en el Ministerio de Relaciones Exteriores y de Cooperación se encargarían de alquilarle un apartamento en Yamena e inscribir a Hubert en el jardín de infantes de una escuela francesa. Su madre envió una de las empleadas domésticas de confianza para que le acondicionara la vivienda, y de ponerse de acuerdo ambas mujeres, se quedara a vivir con ella de forma de atender a la familia en la capital, habida cuenta de la agenda cargada que tendría su hija una vez en funciones.

Cristian pidió una licencia sin goce de sueldo en su trabajo y renovó su pasaporte que estaba próximo a vencer; el tema visado fue también resuelto.

Se proveyeron medios para enviar dinero a Charfadine desde Chad, de modo que pudiera adelantar en sus estudios sin necesidad inmediata de trabajar. A pesar de ello, la muchacha comenzó a dar clases privadas de francés con el objeto de lograr su independencia económica. La casa seguiría por el momento a nombre de Khaliyha hasta tomar una decisión definitiva, y el automóvil fue transferido a su hermana.

Llegado el momento Charfadine llevó a Khaliyha, Cristian y Hubert en auto al aeropuerto de Ezeiza para tomar el vuelo a París.

Mientras Khaliyha llevó al pequeño al baño para cambiar los pañales, quedaron solos Charfadine y Cristian, conversando. Cristian hizo un gesto hacia Khaliyha que ya salía del sanitario. Charfadine acercó su boca al oído del hombre y susurró.

—Estoy embarazada.

Cristian no pronunció palabra, mientras sus mejillas se teñían de color rojo subido, tal como era su característica.

—¡Pronto! Ya están llamando a embarcar— dijo en tono urgente Khaliyha.

Los tres viajeros se dirigieron a la zona de embarques internacionales. Khaliyha llevaba a Hubert en brazos, mientras Cristian acarreaba las dos valijas y varios bultos. Al atravesar la puerta e vidrio volvió su vista hacia Charfadine. La joven, apoyada en una baranda, observaba hacia un costado con la mirada perdida. Un intenso fuego corrió por el interior del hombre, fruto de un desgarramiento interior.

Cuando arribaron al aeropuerto de Yamena procedentes de París los esperaban varios dignatarios, incluyendo algunos uniformados. Los trámites de migraciones y aduanas fueron obviados, y a la media hora de la llegada estaban ya a bordo de un vehículo oficial. En primer término los llevaron al hotel, donde ya los esperaba Souady, entusiasmada con todo el protocolo oficial. Allí permanecieron Cristian y Hubert, mientras Khaliyha era transportada a una reunión con su amigo el ministro y su equipo.

Regresó a las siete de la tarde, fatigada y hambrienta. Durante la cena contó sus experiencias del día, ante la mirada extasiada de su madre y atenta de su marido.

—...y pasado mañana será la asunción oficial de mi cargo. Estará el presidente y su esposa, además de todos los ministros. Me gustaría que pudieran venir Uds. Creo que puedo conseguir el permiso. Hubert puede quedarse con la criada, a la que ya está acostumbrándose.

El salón oficial del palacio de gobierno era amplio y estaba colmado de funcionarios de Ministerio de Relaciones Exteriores y de Cooperación y de otras áreas del gobierno central.

Khaliyha y su madre se habían engalanado para la ocasión con sus más mejores atuendos étnicos; la futura viceministra estaba deslumbrante en las amplias capas que insinuaban su silueta.

El Presidente era un individuo imponente, de unos sesenta y cinco años, vestido con un atuendo occidental. El Ministro de Relaciones Exteriores tenía unos cuarenta años y aspecto atlético y saludó a

Khaliyha con un beso formal en cada mejilla; Cristian recordó que había sido consejero durante los estudios de su mujer y estaba familiarizado con ella.

Khaliyha prestó juramento vocalizando claramente a pesar de la emoción que la embargaba. El presidente saludó efusivamente a su nueva viceministra, y como esperando este gesto la concurrencia prorrumpió en un aplauso. A pesar de su natural sobriedad y desapego de la pompa, una oleada de orgullo invadió también a Cristian, mientras Souady lloraba irrefrenablemente a su lado.

Tras la ceremonia de jura se realizó un *cocktail* en el cual Khaliyha tuvo el acostumbrado brillo. Sus modales, su atuendo y su desenvoltura la convirtieron en el personaje central de la velada.

Al regresar en el automóvil oficial Souady no cesaba de ponderar lo ocurrido.

—Este es un hito para todas las mujeres del Chad, y para nuestra etnia en particular. Nunca uno de sus miembros había accedido a una posición a nivel nacional. Espero que tu padre pueda disfrutar de la filmación que han hecho.

Ousmar no había podido estar presente en el acto porque se le había superpuesto con una importante reunión con los restantes jefes de la etnia Sara.

—Esperemos que pueda estar en futuros actos, que los habrá— afirmó confiada Khaliyha.

—Lo que más me admiró fue el rol central que adquiriste en el *cocktail* posterior— confió Cristian— te convertiste en la luminaria de la noche siendo que en realidad eres una recién llegada.

—Es que Khaliyha tiene una educación, una figura y un porte que ninguno de estos politicastros puede igualar— respondió Souady.

—Hablas como si fueras mi madre— chanceó la mencionada.

—De todas maneras me llama la atención la buena acogida que te han dado— insistió Cristian— no coincide con la imagen que tengo de la generosidad de los políticos.

—Lo que ocurre es que este país carece de líderes naturales, de modo que saben reconocer cuando surge uno, aunque sea una mujer— argumentó Souady.

—*Maman*, creo que tu interpretación es excesiva.

—Te lo garantizo Zouby— la excitación de la madre no tenía freno— este es sólo un primer paso en tu carrera política.

La frase quedó resonando en la cabeza de Cristian; a pesar de provenir de un obvio entusiasmo materno, no le quedaba duda que tenía un fundamento muy real. Khaliyha estaba proyectada en una carrera con una meta lejana, y donde las vallas estarían cada vez más altas.

Dos días más tarde Ousmar llegó a Yamena. Vino en un moderno Mercedes Benz cubierto por el polvo del desierto, pero en buena forma por haber viajado gozando del aire acondicionado.

Al verlo arribar Cristian quedó sorprendido al recordar los vehículos antiguos y precarios que había visto en su estadía en la aldea apenas un año y medio antes.

Ante los numerosos testigos del evento, Ousmar saludó a su mujer y su yerno en forma protocolar y distante, ya que debía conservar la autoridad de su rango. En cambio se mostró más efusivo con su hija y nieto, habida cuenta del rango de aquella. Su mano postiza casi no se notaba por el desenvolvimiento con que la usaba.

Sin embargo, una vez en familia, el jefe dio rienda suelta a su alegría, y tuvo palabras de estímulo para todos. Cristian meditó sobre los extraños deberes y limitaciones asociados con el carácter de persona pública, esconder las emociones aunque estuvieran quemando las entrañas. Su personalidad rechazaba esta faceta del poder.

Por fin estuvieron a solas con Khaliyha y Hubert. La mujer aferró a su hijo y lo levantó a pesar de su peso.

—Ha sido un día glorioso para ti. ¿No es verdad?— preguntó Cristian.

—Ha sido un día importante en verdad, con vistas al futuro— respondió con una sonrisa triste la mujer— pero también da una pauta sobre cómo será ese futuro.

—¿Y cómo será?

—Despersonalizado. Pura representación.

—Pero eso no te disgusta. Tienes las condiciones para hacerlo.

—Pero siempre existe un costo de oportunidad. Me agrada hacerlo, pero me priva de hacer otras cosas que mi alma me pide.

—Entonces las luces de colores y el brillo del cargo no te han seducido.

—Los acepto como una responsabilidad y una carga. Pero basta de filosofar. Hace casi un mes que no nos vemos.

Extendió sobre sus pantalones una larga y esbelta pierna, mientras tomó entre sus manos una de las de él y la deslizó sobre su muslo. Cristian sintió una oleada de excitación por su mujer y se abalanzó sobre ella.

Una semana más tarde los Djalali regresaron a su aldea, incluyendo a su hija, su nieto y su yerno. La princesa y su primogénito garantizaban el futuro de la dinastía, y se mostraban en la cumbre de su éxito. La recepción fue triunfal; el pueblo que había salido recientemente de los horrores de la guerra civil y se hallaba abocado a una febril reconstrucción necesitaba estas señales de continuidad y seguridad, y se expresó en forma clara y alegre.

Charfadine había cenado sola a su regreso de las clases en la Facultad, y se sentó frente al computador como hacía todas las noches antes de poner el televisor. Abrió el correo y dio un brinco cuando en la bandeja de entrada apareció un mensaje de CrisColombo. Lo abrió ansiosamente y leyó su única línea:

"Llego miércoles Air France 394— Arriba Baires 7:50. No me vengas a buscar"

La muchacha acarició su vientre creciente; necesitada de moverse para descargar adrenalina se alzó y al mirar involuntariamente su imagen en el gran espejo vio su propia sonrisa serena y confiada. Ni por un instante había dudado.

EPÍLOGO

Charfadine esperaba la llegada de su marido con la cena preparada. La pequeña Maxine dormía cansada por el ejercicio de sus primeros pasos. La mujer oyó el ruido de la llave en la cerradura y corrió hacia la puerta. Cristian llegaba con el aspecto cansado de los días en que tenía que quedarse hasta las ocho de la noche en la editorial. La besó mientras se sacaba el saco y lo colgaba en el perchero. Acto seguido se desvistió y duchó rápidamente, con lo que los síntomas del stress se aflojaron y los del cansancio se agudizaron.

Charfadine había despertado a la niña para cenar juntos y para que el padre la pudiese ver al menos una vez al día.

Luego de la cena encendieron el televisor, y luego de recorrer rápidamente la programación local la mujer conectó el canal internacional francés, para ver el noticiero que solía traer noticias de África.

Luego de un largo tramo dedicado a la política interna francesa comenzaron las noticias del exterior. El locutor informaba de una reunión en Yamena de los Ministros del Exterior de los países del África subsahariana para buscar una solución al derramamiento de sangre en la República Centroafricana. La imagen mostraba el discurso de apertura de la Ministra de Relaciones Exteriores y de Cooperación del Chad en su carácter de anfitriona de sus pares.

- Mirá— dijo Charfadine a la pequeña Maxine mientras apuntaba con su dedo índice a la pantalla. Esa es la tía Zouby.

Del Autor

Estimado lector,

Le agradezco que se haya interesado en leer estas breves palabras en la que hablo de mi obra. Es un buen hábito tratar de entender que llevó a un autor a escribir un libro particular, ya que las motivaciones varían de autor en autor y de libro en libro.

Como señal de respeto al lector, en todos mis libros realizo una exhaustiva investigación previa sobre los hechos a que se refiere la obra, particularmente teniendo en cuenta que muchas de ellas transcurren en lugares a veces apartados entre sí y en épocas históricas también diversas; es decir que mis libros a menudo transitan dilatados trechos en el tiempo y en el espacio.

Estas búsquedas están basadas en mi memoria, en la amplia biblioteca familiar y en el gigantesco cantero de hechos y datos constituido por Internet. En la red global todos pueden buscar pero no todos encuentran lo mismo... afortunadamente, ya que este hecho da lugar a una enorme variabilidad y diversidad.

La trama por supuesto proviene de la imaginación y la fantasía. Ésta es para mí de fundamental importancia y confieso que jamás escribiría un libro que no me interesara leer; mis gustos como escritor y como lector coinciden en alto grado.

Mis obras con frecuencia transcurren en lugares exóticos y se refieren a veces a hechos sorprendentes y hasta paradójicos, pero jamás entran en el terreno de lo fantástico e increíble. Es más, a menudo los hechos más bizarros suelen ser verídicos.

Sobre el Autor

Louis Alexandre Forestier es el seudónimo adoptado por un novelista argentino para cierto tipo de narrativa, en general cuentos *y nouvelles* de carácter erótico y de obras del género *noir*.

El autor ha vivido en Nueva York durante años y ahora reside en Buenos Aires, su ciudad natal. Su estilo es despojado, claro y directo, y no vacila en abordar temas espinosos.

Obras de Louis Alexandre Forestier

FICCIÓN

(En Inglés)
South of Capricorn
Hot Brooklyn Heights
Cristelle
Valentina
Passionate Interlude
Nubia-Warrior princess
Shaletha- Romance in Manhattan
Khadiyha- Ebony Princess
(En Castellano)
Al Sur de Capricornio
Hot Brooklyn Heights
Cristelle
Valentina
Interludio Pasional
Nubia- Princesa Guerrera
Shaletha-Romance en Manhattan
Khadiyha-Princesa de Ébano

Coordenadas del Autor

Sitio web: https://louisforestiernarrativa.wordpress.com/
Facebook: http://tinyurl.com/hrq7bsy
Twitter: https://twitter.com/forastero010
mailto: louisforestier6@gmail.com